雨月物語

後藤 明生

◆目 次

雨月物語

蛇性の婬 ……… 109

青頭巾 ……… 149

貧富論 ……… 162

春雨物語

雨月物語

うげつものがたり

白峯

しらみね

●白峯詣で

逢坂山（京都府と滋賀県の境にある山）の関所を出た西行は、折からの紅葉に名残りを惜しみながら、ゆっくりと山を下り、東海道を東へ向かった。すなわち、浜千鳥の群がり遊ぶ尾張の国の鳴海潟（愛知県名古屋市）、霊峰富士の煙、浮島が原（静岡県愛鷹山の麓）、清見（静岡県清水市）の関所を越えて、相模の国の大磯、小磯（神奈川県大磯町）。むらさきのひともとゆえに、と古歌に詠われた武蔵野の草花、いずれも名にし負う歌枕ばかりである。

更に北に向かえば、陸前の国、塩竈（宮城県塩釜市）の朝景色、羽後の国、象潟（秋田県象潟町）の海女の苫屋。そして南へ下って上野の国、烏川に舟を連ねた舟橋（群馬県高崎市）、信濃の国では木曽（長野県西南部）の桟橋などなど、東国の旅はどれもすべて立ち去り難いところばかりであったが、今度はひとつ、西国の歌枕も見たいものだと思って、仁安三年の秋、またも西行は難波を経て西へ向かい、須磨（兵庫県神戸市）、明石（兵庫県明石市）の海の潮風に吹かれながら、とうとう海を渡り、讃岐の真尾坂（香川県坂出市）の林というところにたどり着き、ここで暫く旅の杖を休めることにしたのである。はるばるとやって来た、旅の疲れもあるにはあった。しかし、ここに暫くとどまるのは、その疲れを休めるためではない。念仏修行のために、そこに庵を結んだのである。

　庵から程遠からぬ白峯（香川県坂出市）に登ったのは、十月のはじめであった。そこに崇徳院の御陵があるときいて、是非とも参詣せねばと思い立ったのである。山は、登るにしたがって、松や柏の木立が深まり、晴れた日であったにもかかわらず、小雨が降っているようであった。背後にそそり立つ嶮しい崖は、児ケ嶽だという。千仞の谷底から雲のように湧き上って来る霧のために、一寸先のものさえ朦朧とかすんで見える。やがて、わずかに木立がまばらになったあたりに、小高く盛り上がった土まんじゅうが見えた。土の上には、石が三つ重ねてあったが、全体は野茨や蔓草にすっかり覆われており、ああこれが崇徳院の御陵なのだ、と思うと、ただもう茫然とするばかりで、まるで夢でもみているような気持である。

　思えば、西行の記憶に残っているのは、紫宸殿、清涼殿の御座所で政務をお執りになっていた頃の崇徳院であって、文武百官すべてのものが、まことに聡明な天子様だと、尊んでお仕えしていたのである。また、近衛天皇に御位をお譲りになったあとも、上皇御所の立派な玉殿にお住いになっておられた。それが、何ということか。通うものといえば鹿だけで、お参りする者もないこのような山中の藪草の下にとじ込められてしまおうとは。本当に想像さえしなかったことなのである。

一天万乗の天子であらせられたお方にも、前世の因縁というもののおそろしさはつきまとうということだろうか。その罪業をのがれることは出来なかったのである。そう思うと、人間世界のはかなさがあらためて思い起こされ、西行の目には涙があふれた。せめて今夜は、崇徳院の御霊を夜通し供養申し上げよう。西行は、御墓の前の平たい大石に坐り、静かにお経を唱えはじめた。そして、歌一首を詠んで霊前に捧げた。

松山の浪のけしきはかはらじを
かたなく君はなりまさりけり

●崇徳院の亡霊

この松山の海の景色は、あなたが眺め暮らされたときと少しも変わっていないはずです。しかしあなたは、すっかり変わり果てて、もうお姿を見ることも出来なくなってしまいました。西行はそう詠んだあと、さらに読経を続けた。夜露がその彼の袂を、すっかり濡らした。すでに日は没して、山深い夜の気配は、ただならぬ静けさであった。石の床は冷たく、肩にふりかかって来るのは、枯葉だけだ。頭は冴え、寒さは骨の髄までしみて、何ともいえず不気味である。

月は出ているのであるが、深く茂った林までは、月光はさし込んで来ない。真の暗闇の中で、唯一人、さすがの西行もついくたびれて、眠るともなく思わずうとうとっとした。そのときである。

「円位、円位」

と呼ぶ声がきこえた。「円位」は西行の法名だったのである。彼は暗闇の中に目をこらした。すると、異様な人影が見えた。背が高く、痩せ衰えていて、顔の形も着ている衣の色柄もはっきりしない男が、こちらを向いているようであった。しかし、西行は修行を積んだ僧である。彼は少しもおどろかずに、たずねた。

「そこにいるのは、誰だ」

すると、人影はこう答えた。

「先刻、その方が詠んだ歌に返歌を致そうと思って、やって来たのだ」

そして、歌が返って来た。

松山の浪(なみ)はながれてこし船の
やがてむなしくなりにけるかな

この松山の海に寄せては返す波に漂い流れる船のように、とうとう都へ帰ることも出来ず、わが身はこの地に朽ち果ててしまったのである。そして人影は、こうつけ加えた。

「よくぞ詣(もう)でてくれたな」

ここで西行には、ようやくそれが崇徳院(すとくいん)の亡霊であるとわかった。彼は急いで地面に平伏した。そして、涙ながらに申し上げた。

「それにしても、どうして成仏(じょうぶつ)されずにお迷い遊ばされておいでなのでしょうか。汚(けが)れた現世(げんせ)をいまや離れ、仏(ほとけ)になられましたことを羨(うらや)ましいと憧れ申し上げればこそ、今夜こうして法要することによって、仏縁(ぶつえん)にあやかり申したいと念じておりましたものを、成仏されずにお姿をあらわされるとは、もったいないことではございますが、同時に、何とも悲しいことでございます。ひたすらこの世の妄執(もうしゅう)などお忘れになって、有難い仏のお位(くらい)におつき下さいませ」

と、真心を込めて、お諫(いさ)め申し上げたのである。しかし、崇徳院は、からからとお笑いになり、お前は何も知らないからそんなことをいっているが、近頃、世上(せじょう)を騒がせている事件は、他ならぬこの自分の仕業なのだ、という。

「わしは、まだ生きているうちから魔道に入り、まず起こしたのが平治の乱であるが、死んでからは、今度は朝廷にたたってやるのだ。よいか、やがて天下に大乱をひき起こしてやるから、よく見ておれよ」

「これはまた、何という情けないお心持をおきかせ下さることでございましょうか」

と西行は答えた。余りにも思いがけないお言葉に、涙も出なくなってしまったのである。

「もとより、聡明のきこえ高き大君のことでございますから、天子道の道理は充分ご承知のことと存じますが、あえておたずね申し上げます。いったい、保元の御謀叛は、天照大神の大御心に反するものではない、というご信念をもって決意されたものでございましょうか。それとも、ご自分の私欲からのご陰謀でございましたのでしょうか。何とぞ、ご本心のほどをおきかせ下さいませ」

●西行の諫言

これをきいて崇徳院は、思わず、きっとなられた。

「その方、よっくきけよ。帝位は人間の最高位である。しかし、もしもその天子自らが人道を乱すときは、天の命ずるところに従い、民の輿論に応えて、これを討つ。それが道というものではないのか。考えてもみよ。永治元年の昔、わしが帝位を、まだ三歳だった異母弟の體仁に譲ったのは、何か罪を犯したからではないぞ。ただ、父君鳥羽院の命に従ってそうしたのである。これを見ても、わしが私欲深きものとはいえぬはずだ。然るに、體仁すなわち近衛帝が十七歳で早く世を去ったあと、わが子の重仁こそ帝位につくべきであると、わしも、また世間もそう考えるのは当然であろう。ところが、あの美福門院の妬みによってそれは妨げられ、今度はわしの弟の雅仁（後白河上皇）に帝位を奪われたとあっては、わしの怨みも当然深かろうというものではないか。

もちろん、怨みだけではない。重仁には国を治める才もあった。一方、雅仁にどれ程の器量があるというのか。徳の有無を見定めず、皇位継承の重大事を後宮の言に左右されて決定したのは、父鳥羽院の過ちなのである。しかしながら、わしも父帝ご存命中は、子としての孝を尽くし、左様な気持は顔に出したことさえないが、父亡きあとまでそうしているわけにはゆかない。ここは勇敢に戦うべし、と発憤したのである。

天命に応え、民の輿論に従った行為であれば、周の武王が殷の紂王を討ったように、たとえ臣が君を討っても、周八百年の国家のためになったではないか。ましてや、誰もが認める地位にあるこのわしが、女などの権力によって左右される政道を打ち倒そうとする行為においてをや。道にはずれたと非難されるような点は、どこにもないはずである。

その方は、出家して、いささか仏道に淫したとみえるな。来世とかで、煩悩解脱の救いを得たいと願うの余り、人間世界の道理までも、すべて仏教の因果説に附会し、堯舜の教えと仏教の教えとを自分勝手に混同して、わしを説得しようとしているらしいが、そんなものに説き落とされはせぬぞ」

と、崇徳院のお声は、一段と荒々しくなったのである。しかし、西行はひるまなかった。ひるむどころか、彼は膝を乗り出し、申し上げた。

「帝のおっしゃることは、なるほど、形だけは人間世界の道理に適っているようでございます。しかし、実は、俗情、煩悩の域を一歩も出ておりません。遠く中国の例を引くまでもありますまい。わが国の昔にも、応神天皇が兄皇子の大鷦鷯の王をさしおいて、末の皇子の菟道の王を皇太子とお定めになりましたが、天皇崩御ののち、この兄弟の皇子たちは互いに譲り合って、帝位につこうとなさいませんでした。三年経っても、同じでした。それで菟道の王はそのことで大そうお悩みになり、これ以上自分が生きながらえて天下の人々に迷惑をかけるのは申し訳ない、と自害されたため、やむなく兄皇子が帝位につかれたのでした。

　これこそ、帝位の尊厳を重んじ、父に孝、兄に悌(てい)の人道を守り、真心を尽くすということであって、私欲なしです。そして堯舜の道とは、このことであります。わが国において儒教を尊び、これをもって皇道を支える思想としたのは、菟道の王が百済(くだら)の王仁(わに)を招聘(しょうへい)してこれに学ばせたのがはじまりでありますから、このご兄弟皇子の御心(みこころ)こそ、すなわち中国古代の聖人の精神といえるわけです」

　と西行は、さらに続けた。

「また、周のはじめ、武王は殷の紂王の暴政を憤ってこれを討ち、天下の民心を平安にしたが、これは臣下の身でありながら帝王を弑殺(しいさつ)したというべきではない。仁(じん)に反し、義を無視した一人の紂という男を成敗したのだ、ということが『孟子(もうし)』という書物に書かれているそうであります。ところが、中国の古典は、経典(きょうてん)、史書(ししょ)、詩文(しぶん)に至るまで、わが国に渡来せぬものはないにもかかわらず、その『孟子』の書だけは、いまだに日本へ伝わっておりません。この書物を積んで来る船は、必ず暴風に遭(あ)って沈没するためだそうです。それはどういうわけかといえば、わが国は天照大神(あまてらすおおみかみ)がはじめて国をおつくりになって治められてよりこの方、万世一系(ばんせいいっけい)の天子が絶えることなく御(み)位(くらい)を継いでおられるのですから、そこへ、もしこんな理屈が伝えられたならば、後のちの世に帝位を奪って罪とも思わぬような賊臣が出現することになりかねないと、八(や)百(お)よろずの神々がこの書物に腹を立てられて、それでその船を沈没させてしまわれるのだ、ときいております。つまり、他国の賢聖(けんせい)の教えの中にも、わが国に必ずしもふさわしからぬものが少なからずあるということなのです。

また、『詩経(しきょう)』にも、こういっているではありませんか。兄弟は、たとえ内輪喧嘩はしていても、外からの辱(はずかし)めには協力してこれを防禦(ぼうぎょ)せよ、と。しかるに帝には、ご兄弟の愛をお忘れになり、そればかりか、ご父帝(ふてい)が崩御されて、殯(もがり)の宮に安置されたご遺体のぬくもりもまださめないうちに、早くも旗を掲げて挙兵され、弓矢ふりかざして帝位を争われるとは、不孝の罪これ以上のものはございますまい。

天下は、神の意志によって定められたる神聖なる器のごときものです。人間が私欲によって、勝手に奪うなどということは不可能だというのが道理であります。にもかかわらず、仮に、重仁王の即位が万民(ばんみん)の輿望(よぼう)であったのだと致しましても、徳と和をもって解決に当たられるのではなく、反対に人道を無視した方法で世の中に乱を起こしてしまわれたのでは、昨日まで帝を慕っていた万民も今日はたちまち敵となるのは当然であって、そのため、目的をお遂げになることが出来なかったばかりか、古来にも例のない刑罰をお受けになって、このような辺境の土となられたのでございます。

この上は、ただただ、昔の怨念をお忘れになり、成仏されて浄土におかえりになることのみをお考え下さいますよう、心からお願い申し上げる次第でございまする」

と、はばかることなく申し上げたのである。きき終わると崇徳院は、ながい溜息をつかれ、それから、こういわれた。

●憤りの炎

「いま、その方は事の道理を説いて、わしの罪を責めた。なるほど、理屈はその通りかも知れぬ。しかしながら、このわしに、どうすることが出来るというのか。この島に流されてからというもの、仮宮綾高遠の家に幽閉されて、一日三度の食膳を運んで来るもの以外は、誰一人訪ねてくれるものもなかった。ただ、夜空を飛ぶ雁の声を枕許にきけば、あの雁は都へ向かうのだろうかと物思いに耽り、夜明けの千鳥が洲崎で鳴くのを耳にすれば、それもまた同じ物思いの種となる有様である。烏の頭が白くなることはあっても、所詮、都へ帰る日など来そうもないらしいから、おそらくはこの辺境の海辺で死んで鬼となる運命なのであろう。そう思い定めてからは、ひたすら後世の安楽のためにと思って、五部の『大乗経』を写経したのであったが、寺の鐘の音さえきこえることのないこの海辺では、悲しいことに、どこへ奉納するというわけにもゆかない。わが身はこの地に朽ち果てるとしても、せめて筆の跡だけでも都に帰らせて欲しいものだと、仁和寺上首覚性法親王の許へ、

浜千鳥跡はみやこにかよへども
身は松山に音をのみぞ鳴く

と、都への思いを込めた歌一首を写経に添えて送ったのである。ところが、少納言信西が口を挟み、あるいはこれには崇徳院の呪いが込められているのかも知れませぬと帝に申し上げたため、そのまま送り返されたとは何とも恨めしい限りだ。昔から日本でも中国でも、帝位を争って兄弟が敵対した例は少なくないが、やはりそれは罪深いことだと思えばこそ、己れの悪心懺悔のためにと写した経文であったにもかかわらず、いかに妨害するものがあるとはいえ、帝の近親者を減刑する議親法まで無視して、筆跡さえも都へ入れようとしない帝の御心こそ、今にして思えば、そもそもわが復讐心のはじまりなのだ。

よし、それならばいっそこの経文を魔道への供物となして恨みをはらさんものと一筋に思い定めて、指を切って願文を血書し、経文とともに志戸の海に沈め、それからのちは人にも会わず、唯一人じっと閉じこもって、ひとえに魔王たらんと大願を立てていたが、果たせるかな、あの平治の乱が起こったのである。

まず、より高い地位を狙っている藤原信頼の野心をあおり立てて、源 義朝と組んでの陰謀を企てさせた。あの義朝こそ、憎んでも足りない仇敵なのだ。父の源 為義はじめ、保元の乱では一族の武士はすべてこのわしのために戦って命を捨てたのに、彼一人だけはわしに弓を引いた。このわしのために戦った源 為朝の勇猛、源為義、平 忠政の作戦によって、味方の勝利の色は見えていたにもかかわらず、折からの西南の風を利用されて本陣の白河殿を焼討ちされ、殿を逃れてからのちは、如意ケ嶽（京都市）の嶮しさに足を痛めたり、あるときはまた樵夫の切った椎の柴にくるまって雨露を凌いだりした挙句、ついに捕らえられてこの島に流されるまで、すべて義朝の悪意に満ちた陰謀に苦しめられたのである。そこで、その報復として、まず義朝の心をあくまで暴虐貪欲な狼に変えることによって、信頼の陰謀に加担させたから、彼らは天皇に弓引く反逆罪を犯し、武略にすぐれているわけでもない平 清盛ごときに追討ちされてしまったのである。

そればかりではない。先の保元の乱において、父の為義を殺した報いが現れ、家来だったものにだまし討たれたのは、まさに天罰を蒙ったものだ。また、少納言信西は、常に自分の博識を鼻にかけて、人の意見を容れぬ小生意気な輩であったが、これをけしかけて信頼、義朝の敵にまわらせたから、館を逃れて宇治山の穴に隠れているところを、義朝に探し出され、首をはねられて六条河原にさらされてしまった。これは、忠義面をしてわが写経を都に入れずに送り返した、へつらいの罪に報復してやったのである。さらにその余勢をかって、応保の夏には美福門院の命を奪い、続いて長寛の春には、美福門院と意を通じて重仁の継位を妨害した藤原忠通にたたってこれを殺し、わしもその年の秋にこの世を去ったけれども、死後もますます憤りの炎は燃えさかって、ついに大魔王となり、いまでは三百余類の天狗どもを従えた首領となった。すなわち、人の幸いを見ればこれを転じて禍となし、天下の泰平を見ればそこに乱を起こす。これが、わしの輩下どもの仕事なのである。

ただ、清盛だけはなかなかの果報者で、一門一族すべて高位高官に列し、意のままに国の政治を左右しているようであるが、いまのところは長男の重盛が忠義を尽くして補佐役をつとめているため、まだ復讐の機会が訪れて来ない。しかしながら、その方もようく見ておれ。平家の命運も決して長くはないであろう。雅仁が、実の兄であるこのわしに辛く当たったその分だけは、何としてでも報復せずには済まさないぞ」

と、そのお声はますます凄じくなってゆくようであった。きき終わると、西行は、申し上げた。

「帝には、それほどまでに魔界の悪業に足を踏み込まれ、仏の国からは遠く億万里も隔たっておいでなのですから、もうこれ以上は何も申し上げますまい」

そして、あとはただ沈黙して対座していたのであるが、そのとき、とつぜんあたりの峯や谷が揺れ動いたかと思うと、林を吹き倒さんばかりに突風が吹き抜け、砂塵を空高く巻き上げた。と見る間に、一塊の鬼火が崇徳院の膝元から燃え上がって、山も谷も真昼のように明るくなった。その光の中で、よくよく院のご様子を拝見すると、お顔は朱を注いだように赤く、雑草のような髪は乱れて膝までかかり、白眼をつり上げて、熱い息を荒々しく吐き出すご様子がいかにも苦し気である。衣は柿色で、ひどくすすけたように黒ずんでおり、手足の爪はまるで獣のように長く伸びて、あさましくも恐ろしい魔王さながらのお姿であった。

●的中した予言

やがて院は、空に向かって、「相模、相模」とお呼びになった。「ハッ」と答えて、鳶のような怪鳥が舞いおりて来て、院の御前に平伏してお言葉を待った。院はその怪鳥に向かい、何故に早く重盛の命を奪い、雅仁、清盛を苦しめないのか、と問われた。怪鳥は、それに答え、「後白河上皇の御命運は、まだ尽きておりません。重盛の忠誠心が大そう固く、近づけないのでございます。しかし、今より十二支がひとめぐり致しますと、その重盛の寿命も尽きてしまいましょう。彼が死ねば、同時にそれが平家一門の滅亡のときでございまする」と申し上げた。

これをきくと崇徳院は、手を打って喜ばれ、「あの仇敵ども、ことごとく、この日の前の海に葬り尽くしてくれるぞ」と叫ばれたが、そのお声は谷や峯にこだまとなって響き渡り、言葉ではもはや表現出来ない凄じさであった。西行は、涙をこらえることが出来なかった。魔道に堕ちた人間のあさましさを、余りにもまざまざと見せつけられたのである。それで、ふたたび歌一首を詠んで、仏道への帰依をおすすめ申し上げたのである。

よしや君昔の玉の床とても
かからんのちは何にかはせん

すなわち死後の世界では、帝王も細民もないではありませんか、と抑え切れなくなった声をつい高くして歌を詠みあげたのである。この言葉をきかれて、崇徳院はさすがに御心を動かされたらしく、お顔の色はやわらぎ、鬼火もようやく消えはじめたらしい。そして院のお姿も、いつの間にかふっとかき消すように見えなくなった。また怪鳥もどこへ去ったのか、跡かたもなく姿を消していたが、十日余りの月はすでに峯の彼方に隠れて、真っ暗闇の林の中では何物も見えず、まるで夢の中をさ迷っている心地だ。

やがて、空は東から少しずつ明るくなった。そして朝鳥がさえずりはじめた頃、西行はもう一度『金剛経』一巻を読んで崇徳院の霊を供養し、山を下って庵に帰ったのであるが、あらためて昨夜来の出来事を静かに思い起こしてみると、平治の乱をはじめとして、人々の生死、消息、その年月など、崇徳院の亡霊の語られたことはすべて事実と一致していることがわかり、何とも恐ろしいことに思われてきて、これは誰にも話すべきではないと思ったのである。

その後十三年を経た、治承三年の秋、平重盛は病にかかって、四十二歳で没した。すると平相国入道清盛は、重盛の遺領を没収されたことなどを理由に後白河法皇を怨み、鳥羽の離宮にとじこめておしまいになったばかりか、さらに福原の茅葺きの粗末な御所に移して苦しめられたが、そのとき、機を待っていた源頼朝が東国に兵を挙げたのである。また相呼応して、木曽義仲が北国の雪を蹴って躍り出て来るに及んで、平家の一門はことごとく敗走して西の海に逃れ、ついに、讃岐（香川県）の沖の志戸、八島（高松市）に至って勇敢なる兵士のほとんどは、海の魚どもの餌食となった。そして最後は、赤間ケ関、壇の浦に追いつめられて、幼君安徳天皇が入水し、ここで平家の武将たちは残らず亡び去ったのであったが、その一部始終があの夜の崇徳院の予言通りであったことは、恐ろしくもまた不思議な話だと思われたのである。

その後、崇徳院の御廟（ごびょう）は、玉をちりばめ、丹青（たんせい）に彩られて美しく造営され、その御威光が崇（あが）められることになった。讃岐へ旅する人々が必ず御幣（ごへい）を捧（ささ）げて参拝する、畏（おそ）れ多い神様になったのである。

菊花の約

きくかのちぎり

青々とした柳は美しいが、庭に植えたくはない。また、交わりは軽薄の人とは結びたくない。柳は茂るのも早いが、初秋の風が吹くとたちまち散ってしまう。軽薄の人もまた同様であって、取っつきはいいが長続きしない。あるいは柳以下かも知れない。柳は春になればまた青葉を茂らせる。しかし、軽薄の人は二度と音沙汰もないのである。

●病の旅人

播磨の国加古（兵庫県加古川市）の宿に、丈部左門という学者がいた。清貧の中で自適して、書物以外の物はすべて煩わしがり、気にもかけないという暮しぶりであった。彼には老母があったが、これまた孟子の母親に劣らず、毎日糸を紡ぎ、機織りの仕事を続けて、左門の志を助けていた。左門の妹は、同じ加古の里の佐用家に縁づいていた。佐用家は大へん裕福な家であったが、丈部母子の立派さを尊敬して娘を嫁に迎えたのである。そして親族になってからは、何かに事寄せて嫁の実家に物を贈るよう心がけたのであるが、どうしても受け取ろうとしなかった。「生活のことで人に面倒をかけるべきではない」というのであった。

ある日のことである。左門が同じ里の某家(ぼうけ)を訪れ、主との話に熱中しているとき、壁の向う側から、いかにも苦し気な人のうめき声がきこえて来た。主にたずねると、「西の方の国の人と見受けますが、連れに遅れたので一夜の宿をと求められました。立派な武士の風格をそなえた卑しからぬ人物とお見受け致し、乞われるままにお泊め致しましたが、その夜、原因不明の高熱を発し、起き臥(ふ)しさえ一人では自由にならないほどです。それで、お気の毒に思って、三日四日とお泊めして参ったのですが、どこの国のお方かも確かめずにお泊めしたのは、私の失敗であったかも知れぬと、実はいささか困惑しておるような次第なのです」という。

左門はこれをきいて、「それはお気の毒な話です。ご主人が心配されるのももっともですが、当人にしてみれば知人もいない旅の空でこんな病に苦しめられたのでは、何とも辛いことでしょう。どんな様子か見せて下さい」といったが、主人はそれを押しとどめて、言った。「高熱の出る疫病(えきびょう)は危険だときいておりますから、家人たちにも決してあの部屋へは入らせぬようにしております。近づいて、もしお体にさわっては大変です」

しかし左門は、笑って答えた。

「死生命あり、といいます。人間の生死というものは、天の定めた寿命ですから、いまだ寿命の尽きないものには、どんな病も伝染などしないはずです。高熱の疫病をおそれるのは俗説で、私などは信じておりません」

そういって左門は戸を押して部屋に入り、病人を見ると、なるほど主人の言葉通り、人品卑しからぬ人物であったが、病は相当に重いらしい。顔色は黄ばみ、痩せ衰えた肌は黒ずんでおり、古いふとんに横たわるようすはいかにも苦しそうであったが、入って来た左門の姿を人なつかし気に見上げて、「お湯を一口飲ませて下さらぬか」という。左門は病人の傍へ寄って、言った。「どうぞ、もうご心配はいりません。必ず全快致しますから」

それから左門は主人と相談して、薬を選び、自分で処方したものを自分で煎じて病人に飲ませた。また、粥も自分で作ってすすめ、その看病ぶりはまるで血を分けた兄弟のようであった。実際、人にはまかせておけないといった看病ぶりだったのである。

病の武士は、「見ず知らずの旅人に対してこれほどまでに親切にしていただき、たとえこのまま死のうとも、必ずご恩は返させていただきます」と、左門の手厚い看病に涙を流した。左門はそれを打ち消し、「気の弱いことを申されるものではありません。そもそも疫病には一定の日数というものがあります。その期日さえ過ぎてしまえば、自ら回復するものです。私が毎日通ってお世話を致します」と、誠意をこめて約束したのである。そして、その約束通り、心を尽くして看病したので、武士の病気は次第に快方に向かい気分もすぐれて来て、家の主人に心からお礼の挨拶をのべ、左門の陰徳に敬意を表し、その職業をたずね、それから自分の身の上を次のように語った。

●義兄弟の契り

「私の生国はもと出雲の国松江（島根県松江市）で、名は赤穴宗右衛門と申しますが、少しばかり軍学を勉強致しておりましたため、富田（島根県広瀬町。現在はトダと読む）の城主塩冶掃部介に兵書を講義致しておりましたところ、近江（滋賀県）の佐々木氏綱のもとへ密使として遣わされることになり、そちらへ逗留しておりますとき、前に富田の城主であった尼子経久が、山中の一党を味方に引き入れ、文明十七年十二月大晦日の夜、富田城を不意討ちして城を乗っ取ってしまい、掃部介殿も討死に致しました。

もともと出雲の国は、佐々木の領地であって、塩冶は守護代であったわけです。それで私は氏綱に、前から尼子経久に敵意を抱いている三沢、三刀屋の豪族たちに力を貸して経久を討つようにと進言致しました。しかし、氏綱は一見勇猛に見えて、実は卑怯者の愚将でありまして、私の進言を実行しないばかりか、私を近江の城に足止めしたのです。それで、止まる理由もないところに長居は無用と、単身城を抜け出し故郷の出雲へ向かう途中、この病にかかって、思いもかけず先生のお世話になったわけで、何とも身に余る御恩だと感じおる次第であります。このご恩には、私のこれからの半生をかけて、必ず報いたいものと思っております」

「人の不幸を見過ごしに出来ないのは、人間としての本性であります」と、左門は答えた。「ですから、そのようにご丁寧なお礼の言葉をいただく理由はございません。もう暫くここで養生を続けて下さい」

この左門の心からの言葉に甘えて、なお暫く養生を続けたお蔭で、宗右衛門はほとんどもとの元気さを取り戻したのである。

その数日間というもの、左門は、昼となく夜となく、宗右衛門のところへ出かけて語り尽くし、倦きることがなかった。まことに得難い友に恵まれたのである。赤穴も、問われるままに、諸子百家を語りはじめた。その語り口は控え目であったが、その質問や理解力は並々ならぬもので、特に兵学理論は卓抜したものであった。二人はすっかり意気投合したのである。二人は、互いに相手の学識に敬意を表し、また互いにそれを喜び合った。そしてついに義兄弟の約束を結んだのだった。

五歳年長の赤穴が、兄ということになり、あらためて弟としての挨拶をすませた左門に、言った。「私は、父母に死別してすでに久しくなりますが、賢弟の老母様は、すなわち私の母上であります。それで、あらためて息子としてのご挨拶を致したいと思うのですが、如何でしょう。このような幼い私の気持をあわれみ下さって、願いをききとどけて下さるでしょうか」

「老母は、つねづね、私の孤独を心配しておられました」と、大喜びで左門は答えた。「ただいまの、真心のこもったお言葉をお伝えすれば、寿命も延びようというものです」

左門は、赤穴を家へ連れて帰った。老母は喜んでこれを迎えた。そして、「倅には才能もございませんし、またその学問も時勢にあわないものでございまして、出世とは無縁のものでございますが、どうかお見捨てなく、弟だと思ってご指導下さいますようお願い申し上げます」と言った。

赤穴は畳に両手をついて頭をさげ、「武士にとって何より大切なものは、信義であります。出世や富などは問題ではありません。私はいまこうして、母上様のご慈愛を賜り、賢弟からは尊敬を受けています。これ以上、何を望むことがございましょうか」と、大いに喜び感激して、その後数日を左門の家で過ごしたのである。

●約束の秋

昨日咲いたばかりのように思われた尾上の桜も、いつの間にかすっかり散り果ててしまった。そして、涼しい風、高砂の浦の波に早くも訪れようとする初夏の気配が感じられる頃、赤穴は左門とその老母に向かって言った。

「私が近江を脱出して来たのは、出雲の様子を知るためでした。ですから、ひとまず故郷へ帰国致し、すぐまた戻って参ります。そして、それからのちはどんなことを致してでも孝養に励み、ご恩にお報い致したいと思っております。暫くのお暇をお許し下さいませ」

「それでは兄上、いつ頃にはお戻り下さいますか」と、左門はたずねた。

「月日のたつのは早いものです。遅くなっても、この秋には戻って参ります」と、赤穴は答えた。

「秋といわれても、その秋のどの日にお待ちしたらよいのでしょう。お願いですから、はっきりと日を決めて下さい」

「それでは」と赤穴は答えた。「九月九日、重陽の佳節を、戻って来る日と決めましょう」

「兄上、きっとこの日をお間違い下さいますな」と左門は言った。「一枝の菊と、気持ばかりの粗酒を用意してお待ち申し上げておりますから」

こうして互いに暫くの離別を惜しみ合ったあと、赤穴は西へ帰って行ったのである。

月日はたちまちのうちに過ぎた。下枝の茱萸の実は赤く色づき、垣根の野菊は美しく咲いた。九月になったのである。そして九日の日、左門はいつもより早く起きると、家じゅうを掃除し、黄色と白の菊の枝を花瓶に生け、乏しい財布をはたいて酒肴の用意にかかった。かいがいしく立ち働く息子に、老母は言った。

「あの方の故郷である出雲の国は山陰道の果てにあります。ここは百里以上も離れているということですから、必ず今日お着きにはなれないかも知れません。支度するのは、お着きになってからでも遅くはありますまい」

「しかし」と、左門は答えた。「赤穴は信義を重んじる武士です。絶対に約束を破ることはありません。あの方が着くのを確かめてから、あわてて支度をしたのでは、あの方の約束を疑っていたことになります。あの方にそう思われるのは、実に恥ずかしいことです」

そして酒を買いに出かけ、魚を料理し、台所の準備を整えてしまった。

この日は上天気で、見渡す限り一片の雲もなかった。道行く旅人たちの会話ものどかな調子で、「今日みたいな日に都へ入る商人はまったく幸運ですなあ。この上天気は、間違いなく一儲け出来る吉兆ですよ」などと言いながら通り過ぎて行くのである。かと思うと、今度は五十過ぎに見える武士が、同じような旅仕度をした二十過ぎくらいの武士に向かって、「みろ、天気はこんなによくなったではないか。こんなことなら明石から船便にしていたならば、朝一番の船に乗って、いま頃は牛窓（岡山県牛窓町）の港に向かって船を走らせていたであろうに。どうも若い者は用心深過ぎて、却って無駄銭を使うことになってしまう」と言うと、若い方の武士が、「しかしですね、殿が御上洛なさったとき、小豆島（香川県）から室津（兵庫県御津町）へ船で渡られたのですが、そのとき海が荒れたため、大変な目にあわれたという話をお供のものがしておりましたから、この付近の海を怖れるのは別に私だけではないと思いますよ。まあ、そうお腹立ちなさいますな。魚が橋（兵庫県高砂市）の宿に着きましたら、蕎麦でもおごらせていただきますから」となだめながら通り過ぎて行くのだった。

また、腹を立てた馬方が、「このくたばり馬めが。大きな眼ばかりしやがって、いったいどこを見てやがるんだ」と、ずり落ちかけた荷鞍を手荒く押し上げ、小走りに馬を追い立てて行くのである。

正午はとうに過ぎていた。しかし、左門の待つ人はあらわれなかった。やがて陽は西に傾きはじめ、今夜の宿へと急ぐ旅人たちの足が早くなると、いよいよ左門の目は表通りに釘づけになった。まるで放心したように、すべては上の空だったのである。

老母は左門を呼んで、言った。

「人様の心は秋空のように変わるというけれども、心変りということがなくても、何か他のどうしようもない理由で来られないということもあるものです。それに、菊の花が美しいのは、今日だけというわけでもないでしょう。大切なのは先方の真心なのです。本当に帰って来る気持さえあれば、たとえ何かの理由で、時雨の降る季節になったとしても、相手を怨むべきではないでしょう。部屋に入り、今日のところはもう休むことにして、待つのはまた明日ということになさい」

確かに老母の言う通りだと左門は思った。しかし、もしや、という未練を断ち切れなかった。それで、自分も今夜はもう諦めて休むことにするからと老母を安心させて先に休ませたあと、もう一度、左門は外へ出てみたのである。中天には銀河がぼうっとかすんで見え、月光は淋しく左門を照らした。とつぜん、どこかの軒先の犬の吠え声が夜の無言を破ったかと思うと、今度は、高砂の浦の波の音が、すぐ足下まで打ち寄せて来るようにきこえた。

●千里の魂

やがて、月は山の端に傾き、暗くなった。さすがに左門も、いまはこれまでと諦めたのである。しかし、まさに戸を締めようとしたそのとき、左門の目にふっと何かが写ったようであった。ぼんやりした黒い影は、どうやら人間らしい。そして、その黒い影は、風に吹かれでもするように、揺れ動きながらこちらへ向かって来るようであった。不審に思って左門が見つめると、それは赤穴宗右衛門だったのである。

左門の喜びようは、まさに躍り上がらんばかりであった。

「私は朝から、ずっといままで、待ち通しにお待ち致しておりました」と、左門は言った。「私との約束を間違えずにおいで下さったことは、実に実に嬉しいことです。さあ、どうぞお入り下さい」

赤穴はうなずいた。しかし、無言のままであった。左門は先に立って部屋へ案内し、赤穴を窓際の上座につかせると、「兄上のおいでになるのが遅かったため、老母は待ちくたびれ、きっと明日はお見えになるだろうと、そう言って床に入ったところでした。いま起こして参ります」と言ったが、赤穴は黙って首を横に振り、老母を起こしに行こうとする左門をとどめた。そして、なおも無言のままなのである。

「遠い出雲の国からここまで、夜を日に継いでの旅だったのでしょうから、心身ともにお疲れになったのでございましょう」と、左門は言った。「どうぞ一杯召し上がって、今夜はゆっくりとお休み下さい」

そして酒の燗をしたり、肴を並べたりしてすすめたのであるが、赤穴は袖で顔をおおい、まるで酒肴のにおいを忌み避けるかのようである。左門は言った。「なにしろ私が自分でこしらえました貧しい手料理です。とても充分なおもてなしとは申せませんが、これでも私の心をこめたものです。それを、どうして拒まれるのでしょうか」

赤穴は、左門がそこまで言っても、なおも無言のまま答えようとしなかったが、やがて、長い溜息をついたあと、「賢弟の真心のこもったおもてなしを、どうして私に拒むわけがありましょうか」と、ようやく口を開いたのである。「あなたを欺くことは出来ませんから、本当のことを申し上げますが、決して驚かないで下さい。実はこの私は、もはやこの世の人間ではないのです。穢れた、忌まわしい亡霊なのです。それが人間の姿をかりて現れているに過ぎないのです」

「兄上はまた、何ということをおっしゃるのですか」と、おどろきの余り左門は言った。「これが夢だとでも言われるのでしょうか。いや、決して、これが夢などとは、とても私には考えられないことです」

「賢弟とお別れして故郷の出雲に帰ってみると」と、赤穴は答えた。「ほとんどの人々が尼子経久の権勢に屈服しており、前の城主塩冶掃部介から受けた恩義を顧みるものなど、どこにも見当たりません。

富田の城には、従弟の赤穴丹治というものがおりますので、訪ねて行ってみたのですが、この丹治も例外ではありませんでした。処世のためには、経久に従う方が得策だと言って、私を経久に紹介したのです。それで、私も一応そのすすめを受け入れ、暫くの間経久の言動をじっと観察してみたところ、なるほど、武将としては並々ならぬ勇気の持主であります。また、部下の兵卒たちの訓練も、よくゆき届いていました。しかし、本当の腹心はあれでは出来ません。それは、経久という人物が、余りにも疑い深く、自分を補佐する兵学者を信用することが出来ないためです。

私は、ここに長居は無用だと思いました。それで、賢弟との今日の約束を話して、城を出たいと申し出ました。ところが、それをきいた経久は私に腹を立てて、丹治に命じて私を城内に軟禁しました。

そして、とうとう今日になってしまったのです。もし、今日のこの約束を破るようなことになったならば、賢弟はこの私をどんな人間だと思うだろう。何としてでもこの約束だけは果たさなければと、あらん限りの思案をめぐらせてみましたけれども、城を抜け出す方法はどうしても見つかりません。結局、思い浮かんだのは、人間は一日に千里を走ることは出来ない、しかし、魂は一日に千里を走ることが出来る、という古人の言葉でした。私は、これだ、と思いました。そして、その場で切腹し、こうして今夜、冷たい陰風に乗ってはるばる出雲の国から、菊花の約束を守るためにやって来たのであります。どうか、この気持だけを、お汲み取り下さい」

言い終わると、赤穴の目から涙が湧き出るように流れ続けた。そして、「もはや、これが永のお別れです。どうか母上様にくれぐれも孝養を尽くされますように」と言い残し、立ち上がったかと思う間もなく、ふうっとかき消えて、見えなくなってしまったのである。

●出雲への旅

左門はあわてて引き止めようとした。しかし、そのときさっと吹き抜けた一陣の陰風に目がくらんで、行方を見失った。左門は何かに蹴つまずいて、倒れた。そして、畳の上に俯伏せになったまま、子供のように声をあげて泣いた。その声におどろいて、老母が目をさました。起き上がって来てみると、部屋の上座に酒徳利や肴の皿などが幾つも並べてあり、左門がそこに倒れているのだった。老母はそれを急いで助け起こし、これはまたいったいどうしたことであるのか、そのわけをたずねた。しかし、いくらたずねてみても、左門は、ただ声を殺して泣くばかりである。

　老母はたずねた。

「もしお前が、兄の赤穴が約束を破ったことを恨んでおいでなら、明日あの方が見えたときは、どうするのです。自分のこの取り乱しようを、いったい何とご説明するのですか」

　お前がこれほどまで道理をわきまえぬ子供だったとは、母としてまことに情けないことだと、きびしく叱りつけたのである。

　すると、左門はようやく口を開き、「兄上は今夜、私との菊花の約を果たすために、わざわざやって来られたのです」と答えた。「それで私が、用意しておいた酒肴を並べてお迎えしたにもかかわらず、何度おすすめしてもお召し上がりになりません。そして、実はこういう事情のため約束が守れなくなってしまったので、自ら命を絶って魂魄となり、百里の道のりをはるばるやって来たのだ――そう言い終わったかと思うと、そのまま姿が見えなくなってしまいました。母上の眠りをお妨げしたのは、そういうわけだったのです。どうかお許し下さい」

話し終わって、またさめざめと涙を流す左門に、老母は言った。

「牢獄につながれた人は、釈放される日の夢を見るものだというし、喉(のど)の渇いた人は、夢の中で冷たい水を飲むものだといいます。お前が赤穴様の姿を見たのも、それと同じ気持からではなかったのですか。気持を落ち着けて、しっかりなさい」

しかし、左門は首を横に振って、「兄上は、間違いなくここに来ておられたのです」と答えると、またもや声を上げて泣き伏したのだった。老母も、もはや疑わなかった。そしてその夜は、母子(おやこ)二人して泣き明かしたのである。

翌日、左門は老母の前に両手をついて、言った。

「私は幼少の頃より学問に専念して参りましたが、国に忠義を尽くして名をあげたこともなく、また、家のために孝行を尽くしたこともありません。ただ徒(いたず)らに、意味もなくこの世に生きながらえて来ただけです。然(しか)るに兄上の赤穴宗右衛門(あかなそうえもん)は、信義を貫き通すためにその生涯を終えました。弟である私は、いまから出雲(いずも)へ下り、せめて兄上の遺骨だけでも弔(とむら)って、義兄弟としての信義を全(まっと)うしたいと存じます。母上には御(おん)身(み)をお大事になされて、暫(しばら)くのお暇(いとま)を賜りとう存じます」

「出雲へ出かけるのはよろしいけれど」と、老母は答えた。「一日も早く帰って来て、この年寄りを安心させて下さい。老い先短い年寄りなのですから、帰りが余り遅くなって、今日が永の別れとなるようなことには、ならないように」

「人の命は、水に浮かぶ泡のようなものです」と、左門は言った。「朝の紅顔も夕べにはどうなっているか、定め難いものではございますが、一日も早く帰って参ります」

そして涙を拭うと、家を出発し、妹が縁づいている佐用家に出向いて、留守中の老母の世話をくれぐれもよろしくと頼んだあとは、一路出雲へと急いだのである。途中、飢えても食物の夢は見なかった。寒さに震えても暖かい着物の夢は見なかった。夢に見るのはただ赤穴宗右衛門のことばかりであって、その度に一人泣き明かしながら、十日かかって富田の城に到着したのである。

●信義の仇討ち

出雲に着くと、左門は真っ直ぐ赤穴丹治の邸へ出かけ、姓名を名乗って、面会を求めた。丹治は左門を座敷に通したあと、「雁の便りでも知らせない以上、貴殿が宗右衛門の死を知るはずはありませんが」と、不審がって左門にたずねた。

「武士たる者は、利害や運不運などをとやかく問題にすべきではありません」と、左門は答えた。「ただ一つ、信義のみを重んずるものです。兄宗右衛門は一旦交わした私との約束をあくまでも重んじ、魂魄となって百里の道をはるばる私の許へ参られました。その信義に報いんがために、今度は私が、夜を日に継いで出雲へ下って来たのです。そこで、平生私が学んだ事柄について、貴殿におたずね申したいことがあります。どうかはっきりとご返答願いたい。昔、魏の国の宰相公叔座が重病の床に倒れたとき、魏の恵王は親しくこれを見舞われ、公叔座の手を握ってこうたずねられた。すなわち、もしその方に万一のことがあった場合、誰を後任にして政治を委せればよいであろうか。是非とも国王である自分のために遺言を残して欲しい、と。それに対して公叔座は、こう答えました。商鞅という男はまだ年こそ若いけれども、非凡なる才能の持主であります。ですから、もし陛下がこの男を私の後任に命じたく思われなければ、たとえ殺してでも、決して国外へ出してはなりません。もし国外へ追放すれば、のちのち必ず魏の国の禍となるでしょう。それ程の才能の持主だということなのです、と。しかし公叔座は、国王が帰ると秘かに商鞅を呼び寄せました。そして、自分は国王にお前のことを推挙したが、どうやら国王はそれを受け入れたくない様子であった。それで、私の後任にお前を登用しないのであれば、いっそお前を殺してしまった方がよろしいと教えた。これは、君を先にして臣を後にする、君臣の道であるから、宰相である自分はそれに従ったのである。しかしお前は、一刻も早く国外に逃れて、この難を避けよ——と、忠告したということであります。この話を、貴殿と宗右衛門との場合と比べてご覧になって、如何でしょうか」

丹治は、下を向いたまま、一言もなかった。左門は一歩膝を進めて、言った。

「兄宗右衛門が、旧主塩冶氏の恩義を思い、尼子に仕えなかったのは、これこそまことの義士というものです。然るに貴殿が、旧主塩冶氏の恩義を捨てて、尼子に仕えている態度には、武士としての信義というものがありません。

兄上は私と結んだ菊花の約を重んじ、自ら命を絶って百里の道をはるばる帰って来られました。これこそ信義の極致であります。ところが貴殿は、早ばやと尼子に媚びへつらって従兄の宗右衛門を苦しめ、このような非業の死を遂げさせるとは、盟友としての信義に反するものです。兄上を城内にとじこめたのは経久であったのだとしても、兄上と貴殿との、私などよりはずっと古くからの交わりを考えれば、あの公叔座と商鞅のような信義を尽くすのが当然ではありませんか。にもかかわらず、ただわが身の栄達や利益にのみ走る、まったく武士からぬ態度は、それこそ尼子の家風ということかも知れません。だからこそ兄上も、このような国にとどまる気にはなれなかったのです。いま私は、信義を重んじて、わざわざこの国へやって来ました。然るに貴殿はこの国において、不義のために汚名を残されるがよい」

そう言い終わるや否や、左門が抜き打ちに斬りつけると、一刀のもとに丹治は倒れた。家来どもが騒ぎはじめた。しかし、すでに左門の姿はどこにもなかった。尼子経久はこの事件を伝えきいたが、義兄弟の信義のあつさに感動して、家臣どもにそれ以上左門を追わせなかったという。なるほど、交わりは軽薄の人とは結びたくないものであった。

浅茅が宿

あさぢがやど

●妻との別れ

下総(しもうさ)の国、葛飾郡(かつしかごおり)の真間(まま)（千葉県市川(いちかわ)市）の里に、勝四郎(かつしろう)という男がいた。祖父の代からずっとこの土地に住み、田畑もずいぶん持って豊かに暮らしていたのであるが、生まれつきの不精者(ぶしょうもの)で、家代々の農業が性(しょう)に合わない。当然の結果として、家は貧しくなり、親戚のものたちからも次第に疎(うと)んじられるようになった。彼は、何とかしてそれを挽回したいものだと、あれこれ思案した。不精者ではあったが、親戚どもから疎んじられる口惜(くちお)しさには耐えられなかったのである。

その頃、足利染(あしかがぞ)めの絹を仕入れに毎年京都から出かけて来る雀部(ささべ)の曽次(そうじ)という商人がいた。真間の里に親戚があり、たびたびやって来て、勝四郎とも古い知り合いだった。それで、自分も商人になって京都へ上りたいのだが、と頼んでみると、雀部はすぐに引き受けてくれ、「ではいつ頃に致しますかな」という。勝四郎は喜んだ。そう簡単に引き受けてもらえるとは思ってもみなかったのである。早速彼は、まだ残っている田畑を全部売り払って金に代えた。そして、白絹をどっさり買い込み、京都へ出かける準備を整え、曽次が迎えに来るのを待ったのである。

勝四郎の妻の宮木（みやぎ）は、誰もがはっと目を止めずにはいられないような美貌の持主だったばかりでなく、しっかりした気性の、賢い女性であった。

彼女は、勝四郎が品物を仕入れて京都へ商いに出かけることを、困ったことだと思った。それで、言葉を尽くして何とか思い止まらせたいと努めたのであるが、ふだんから思い立つと一途（いちず）になってしまう性質に加えて、今回はいつもより一層気がはやっているようすで、どうにも手の施しようがない。夫にもしものことがあったら、と行先のことを思うと心細く不安でならなかったのである。しかし、もはや思い止まらせる術（すべ）もないとわかった以上、自分の気持を抑えてかいがいしく夫の旅仕度を整えた。

そして、いよいよ出立の前夜になった。

「わたしのような弱い女が、たった一人とり残されたのでは、本当にどうしてよいやら、途方に暮れるばかりで、何とも辛いことでございます」

と宮木は、離れて暮らしたくない気持を、勝四郎にしみじみと語った。

「ですから、毎日必ずわたしのことを忘れずに思い出して、一日も早く帰って来て下さい。生きながらえてさえいれば、また逢える日は来るとは思いますが、明日のことはわからないのがこの世のさだめだということを、どうか女々しいなどとお考えにならないで下さいませ」

「浮木に乗っているような不安な他国に、どうして長居などするものか」

と勝四郎は妻を慰めた。

「秋には戻る。葛の葉が秋風で裏返る頃には、帰って来るから、気強く待っていてもらいたい」

そして、やがて夜が明けると、鶏の声とともに勝四郎は京都をめざして旅立ったのである。

●戦乱の巷

この年、享徳四年の夏、鎌倉の公方足利成氏と、管領の上杉氏との仲が不和になって戦が起こり、公方の館はその戦火のために焼かれた。公方は下総の国（千葉県、茨城県）の味方を頼って落ちのびられたが、その後、関東一帯はたちまちのうちに乱れて、てんでんばらばらな無秩序の状態となったのである。年寄りたちは山に逃げ隠れた。若者たちは兵士としてかり出された。「今日はここが焼き払われるぞ」「明日は敵が攻めて来るぞ」という噂に、女子供たちは東に西に逃げまどい、泣き悲しんだ。勝四郎の妻も、どこかへ逃げなければと思った。しかし、「この秋には帰るから」といわれた夫の言葉を頼みにしながら、指折り数えるようにして、不安な一日一日を過ごしたのである。そして秋になった。しかし、夫からの便りはなかった。浮世の移り変りのように、人の心も頼りにはならないものだ、と彼女は恨み、悲しみ、思いくずおれて、歌を詠んだ。

身のうさは人しも告げじあふ坂の
夕づけ鳥よ秋も暮れぬと

このわたしの悲しみを夫に告げてくれる人は誰もいない。心あるならば逢坂の鶏たちよ、もう約束の秋は過ぎてしまったことを京の夫に伝えてくれぬか。そう自分の気持を詠んでみたのであるが、幾つもの国境を隔てた遠い国の夫にそれを伝える術はなかった。

世の中が騒々しくなるにつれて、人心も荒廃して物騒になった。たまに訪ねて来る人があるかと思うと、それは宮木の美貌を見て、あれこれ親切ごかしをいって、誘惑しようという魂胆なのである。もちろん彼女は、貞操心を堅くしてそのような連中を相手にせず、そのうち戸を閉め切りにして、誰にも会おうとさえしなくなった。一人いた下女も暇をとって去って行った。少しばかりあった貯えもなくなって、その年は暮れ、年は改まった。

しかし、世の中の乱れは依然として治まらない。その上、前年の秋、京都の八代将軍足利義政(あしかがよしまさ)の命(めい)を受けて、美濃(みの)の国郡上(ぐじょう)（岐阜県郡上(ぐじょう)郡）の領主、東(とう)の下野守常縁(しもつけのかみつねより)が征東軍(せいとうぐん)指揮官として派遣されて下総へ攻め入り、一族の千葉実胤(ちばさねたね)と共謀して公方軍を攻め立てたのである。公方の軍も守りを堅めて防戦した。そのため、戦はいつ終わるともわからなくなった。戦乱に乗じて、野盗山賊どもがあちこちに砦を構え、放火、掠奪をほしいままにした。いまや関八州(かんはっしゅう)には、どこにも安住の地はなく、その荒廃ぶりはまったく浅ましい限りであった。

雀部(ささべ)に従って京都へ着いた勝四郎は、白絹を全部売り尽くした。当時、都は派手好みの風潮であったから、それにちょうどうまく合ったのである。それでいい儲けが出来たのであるが、さて国へ帰ろうと仕度をしていると、このたび上杉の軍が鎌倉の公方の御所(ごしょ)を攻め落とし、なおも成氏を追撃中であるから、故郷葛飾真間(かつしかまま)のあたりは至るところで合戦があり、戦乱の巷(ちまた)になっているという。そういう噂で持ちきりであった。

しかし、すぐ目の前の出来事についての噂でさえ、嘘かまことか信じられない世の中なのである。それが、遥か雲の彼方ほども隔たった国の出来事なのであるから、それこそまったく雲をつかむような話で、気が気ではない。とにかく八月のはじめに京都を発って帰途に着いたのであるが、木曽の真坂（長野県山口村）というところを日暮れ方に越えようとしたところ、盗人どもがあらわれて身ぐるみ残らず奪われてしまった。

それればかりか、人の話を聞けば、そこから東の方にはあちこちに新しい関所が設けられて、旅人の往来さえ許されないという。これでは便りをする手だてさえない。わが家も戦火でなくなってしまったかも知れないのである。妻もおそらく生きてはいないであろう。そうであれば、故郷といってもいまや鬼の棲家同然ではないか。

そう思って勝四郎は、そこからふたたび京都へ引き返したのであるが、近江の国に入ったあたりで、とつぜん気分が悪くなり、高熱に冒されてしまったのである。

●故郷へ向かう心

近江の国の武佐（滋賀県近江八幡市）というところに、児玉嘉兵衛という金持がいた。雀部の妻の実家である。それで、縋りつく思いで勝四郎が頼み込んだところ、嘉兵衛は快く引き受けて介抱し、医者を呼んで治療に心を尽くしてくれた。やがて、病は回復した。勝四郎はその厚恩に心からのお礼をのべた。しかし、まだ歩くところまではゆかなかったため、はからずもその地で新しい年を迎えたのである。

そうこうするうちに、いつの間にかその里に友達が出来た。もともと素直で正直な性質であったから、人からも好かれて、児玉をはじめ、他の人々とも親しく交わるようになったのである。歩けるようになってからは、京都へ出かけて行って雀部に会ったり、また近江へ戻って児玉の家に身を寄せたりという具合で、七年という歳月がまるで夢のように過ぎてしまったのである。

寛正二年、畿内河内の国（大阪府）では、畠山兄弟の争いが一向に終わりそうでなかった。そのため、都の周辺も物情騒然たる状態となったが、加えるに、春のころから悪性の流行病が蔓延して死骸は路上に累々となり、これがこの世の終末ではなかろうかと、人々は世の無常を嘆き悲しんだのである。

勝四郎も考え込んでしまった。いったい自分はこんなに落ちぶれて、これといった仕事もせず、しかも遠い他国の地で他人の親切を受けながら、何を当てにして生きながらえているのだろうか。故郷に置き去りにして来た妻の生死さえ確かめず、忘れ草の生いしげる他国でべんべんと生きのびて来たのは、すべて自分の不実のせいであったのである。たとえ、妻はすでにこの世の人ではなくなっているのだとしても、せめてその跡を探して墓だけでも作るべきではないか。そう思って勝四郎は人々にそのことを話した。そして、五月雨（さみだれ）の降るころ、その晴れ間をみて人々に別れを告げ、十日ばかりの旅を続けて故郷へ帰り着いたのだった。

陽ははや西の空に沈み、雨雲はいまにも降り出さんばかりに暗く垂れこめていた。しかし、長年住みなれた故郷なのだ。まさか道に迷うようなことはあるまい。そう思って勝四郎は夏草の生いしげる野道を歩き続けたのであるが、手児女（てごな）の昔から名高い真間（まま）の継橋（つぎはし）も川の瀬に落ちてしまっていて、万葉の歌にある通り、まったく馬の足音ひとつきこえて来ない。それに、あたりの田畑は荒れ放題に荒れて、昔の道もわからぬ状態であり、昔あったはずの人家も見当たらなかった。たまに、ぽつりぽつりと残っている家には、人が住んでいるように見えるものもあるにはあったが、しかし、昔とは似ても似つかぬたたずまいだったのである。

さて、いったい自分が住んでいた家はどこだったのかと、勝四郎は立ち止まって迷った。すると、二十間ばかり先のあたりに、落雷に裂かれた一本の松が、垂れこめた雨雲に突きさささるように聳（そび）えているのが、雲間を洩（も）れる星あかりの中に見えた。そうだ、あれこそわが家の目標であった、と勝四郎はようやく一安心して歩いて行くと、家は昔のまま変わっていない。家ばかりか、人も住んでいる様子で、古い戸の隙間から燈火（ともしび）の明りがちらちら洩れている。

●再会の共寝（ともね）

　誰か他人が住んでいるのか。それとも妻が生きていたのだろうか。そう思うと胸の動悸（どうき）が高鳴って来て、門口に立って思わず咳払（せきばら）いを洩（も）らすと、家の中でもそれを耳ざとくききつけて、「どなたですか」とたずねる。それは、ずいぶんふけてはいるけれども、まさしく妻の声であった。

「わたしだ、わたしが帰って来たのだよ」

　と勝四郎は、夢ではないかといよいよ胸騒ぎをおぼえながら答えた。

「それにしても、こんな草深い場所にたった一人で生きながらえていたとは、まったく不思議としかいいようがない」

　やがて戸が開いた。表の声が、ききおぼえのある夫の声だとわかったのである。しかし、姿をあらわした女性は、ひどく垢（あか）まみれでどす黒かった。眼は落ちくぼんで、結（ゆ）いあげ髪も乱れ落ちて背中に垂れさがり、とても昔の妻とは思われなかったが、夫の姿を見ると、物もいわずに、さめざめと泣きはじめたのである。

　勝四郎は気が動顛（どうてん）して、暫（しばら）くは物もいえなかったが、やがて、こう話しはじめた。

「そなたが、こうしていままで無事でいるとわかっていたら、何を好き好んで長の年月を他国などで過ごすだろうか。自分が都へ出かけて行ったあの年、鎌倉の戦乱をきいたのであるが、公方の軍が敗北したため下総に逃げて防戦し、管領の軍はこれを激しく追撃しているという。

雀部と別れたのは、その翌日のことで、八月の初めに都を出立して木曽路を来たのであるが、途中、大勢の山賊に取り囲まれて、着ているものから売上げ金まで残らず奪い取られてしまった。命だけは何とか助かったものの、里人たちの話すところをきくと、東海道、東山道には新しい関所がたくさん設けられて、往来はまったく出来ないという。更に、前の日には節度使まで東へ下って上杉方に加勢し、下総の戦に向かわれたという。

そんなわけで、故郷のこのあたりはすでに焼き払われ、馬の蹄に蹂躙されてしまっているときかされたものであるから、もはやそなたは戦火のために焼け死んだか、それとも海に身を投げてしまったものとばかり思い込み、諦めてふたたび都へ引き返してからのちは、ずっと他人の世話になって、七年という年月を過ごしてしまった。

それが、このごろになって、何だかしきりになつかしさが募ってきて、せめてそなたの亡くなった場所だけでも見たいものだと思い、帰って来たわけだったのだが、こうして無事でおられようとは、本当に思ってもみなかったことだ。まったくこれは巫山の雲か、それとも漢宮の幻か。夢の中の出来事なのか、それとも本当に現実なのだろうか」

このながながとした勝四郎の繰り言が終わると、今度は妻が涙を拭いて話しはじめた。

「あのときお別れ申し上げてからあと、お帰りを頼りにして待っておりました秋よりも早く、恐ろしい世の中になってしまい、里の人々はみんな家を捨てて海や山に逃げ隠れてしまいました。たまたま残っている人といえば、これはほとんどが虎か狼のように何かを狙っている人で、わたしがこうして一人暮しをしているのを、これ幸いと思うのでしょう。手を変え品を変えして誘惑して来ましたけれども、たとえ玉と砕けようとも、不義の生き恥だけはさらすまいと、幾度も辛くて危険な目を耐え忍び、逃れて参ったのです。ところが、銀河が秋を知らせる頃になっても、あなたは帰って来られません。

冬が過ぎ、春を迎えても、便りすらありません。この上は都へ上って、あなたを探す他ないと思いましたが、大の男でさえ越えることの出来ない関所の見張りを、どうして女の身で越えることが出来ましょうか。そう諦めて、待っても甲斐のないことはわかっているこの家で、狐やふくろうと一緒に今日まで過ごして参りましたが、いまはもう長い間の恨みつらみもすっかり晴れ、お目にかかれて本当に嬉しゅうございます。昔の歌にもある通り、逢える日を待ちながら、相手に気持も通じないままこがれ死にしてしまったのでは、さぞかし情けないことでございましょうね」

いい終わると妻は、また声をあげて泣きはじめた。それを勝四郎は、「さあ、夜は短いのだから、話はまた明日のことにして」と慰め、その夜は二人抱き合って寝たのである。

●秋の荒野

障子の破れ目から入りこむ隙間風が、一晩じゅう音をたてていたのであるが、長旅の疲れで勝四郎は、ぐっすり眠り込んだ。夢心地に、何となく寒さをおぼえたのはすでに明け方で、夜着を掛けようと手さぐりすると、何かがかさかさと音をたてた。その音で目をさましたのである。その顔に、ひやひやと冷たいものが落ちて来た。雨でも漏るのだろうかと、目をあけて見ると、屋根は風のために吹きめくられており、すでに光も薄れた有明月がほの白く空に残っているのが見えた。

おどろいてあたりを見まわすと、なくなっているのは屋根ばかりではない。家には、戸もほとんどなかった。板敷きの床のくずれ落ちた間からは、丈の高い荻や薄が生え出しており、その朝露がこぼれ落ちて、勝四郎の袖はしぼるばかりに濡れていたのである。

壁には蔦や葛が這い茂っていた。庭は雑草に埋もれて、秋でもないのに、家じゅうがまるで草深い秋の荒野であった。それにしても、一緒に寝たはずの妻はどこへ行ってしまったのか、姿も見えない。狐にでも化かされたのだろうか、と思ってみたが、荒れ放題に荒れ果ててはいるものの、そこは昔自分が住んだ家に間違いなかった。広く造った奥のあたりから、端の稲倉まで、昔自分の好みで造ったままなのである。

勝四郎は、ただただ茫然として、自分の足が地に着いているのかどうかさえ、わからない程であった。しかし、やがて正気に返って考えてみると、妻はすでに死んでしまったのだということに気づいた。そして、代わって狐狸の類がこの家に住みつき、このように荒れ果てた家になってしまったため、物の怪が生前の妻の姿に化けてあらわれ出たのかも知れない。それとも、自分を慕う亡妻の霊魂があの世から帰って来て、夫婦のかたらいをしたのであろうか。ああ、やはり遠い他国の地で想像していた通り、妻はすでに死んでいたのだと、勝四郎は思った。おどろきと不思議さの余り、涙さえ出なかったのである。

「わが身ひとつはもとの身にして」と、つぶやきながら、勝四郎は荒れ果てた家の中を歩きはじめた。すると、昔二人の寝室であったあたりの板敷きの床が取りはずされ、そこに土を盛り上げた塚が作られていて、そこだけは雨露を防ぐ屋根までこしらえてあったのである。なるほど、昨夜の亡霊はここから来たのだ、と勝四郎は思わず、ぞっとした。しかし、同時に、昨夜の妻を思い出すとなつかしくもあった。

塚の前の、手向（たむ）けの水を入れる器に、削った木が一本さし込んであった。それに貼りつけられた和紙もすでにぼろぼろに古びており、書かれた文字も所々消えてはっきりと読み取りにくいものであったが、正しくそれは妻の筆跡だった。戒名（かいみょう）もなければ、年月も書かれていない。ただ、三十一文字に妻の最期（さいご）の気持が、哀れにも詠（うた）われていたのである。

さりともと思ふ心にはかられて
世にもけふまで生ける命か

秋には帰るといって出かけた夫はとうとう戻って来なかったけれども、いつかは必ず帰って来るに違いない。そう思い込もうとする自分の気持にわれとわが身が欺（だま）され続けて、とうとう今日まで生きながらえて参りましたけれども、思えば何といとおしいわが身でありましたことか。

この歌を見て勝四郎は、妻の死がもはや疑う余地のない事実であることを知った。彼は大声をあげて泣き崩れた。それにしても、いったい妻がいつの年の何月何日に死んだのかさえわからないとは、何という情けないことであろう。誰か知っている人がいるかも知れない。そう思って勝四郎は涙を拭い、外へ歩き出した。陽はすでに高くのぼっていた。

●亡き妻の墓

まず、近くの家へ出かけて、主人に会ってみた。しかし、昔の住人ではなかった。反対に、「あなたはどちらのお方ですか」とたずね返されたのである。勝四郎は丁重に訳を話した。

「実はわたしは、すぐ隣の家の主でありましたが、商いのために京都へ出かけたまま七年間を過ごしてしまいまして、やっと昨夜帰って参りましたのですが、すでに家は荒れ果てて、誰も住む人はおりません。一人残して行った妻も亡くなりました様子で、塚が作られてありましたが、いつの年とも書かれておりませんのは、更に悲しいことでございます。もし知っておいでででしたら、お教え下さいませ」

「それは本当にお気の毒な話でございます」

と、その家の主は答えた。

「わたしがここに住んでおりますのは、まだ一年ばかりですから、お亡くなりになったのは、それよりずっと以前ではないでしょうか。わたしがここへ参りましたときには、すでにお宅には誰も住んでいませんでした。この村の人々は、戦乱がはじまると間もなく、ほとんどが逃げ出してしまって、いま住んでいるのはほとんど、どこかよその土地から移り住んで来た人たちです。ただ、一人だけ、おじいさんなのですが、その方はこの土地に昔からおられた方と見うけられます。そして、ときどきあの家へ出かけて、亡くなられた方の菩提を弔っておられますから、そのご老人ならば、たぶん、奥様の亡くなられた月日をご存知のはずです」

「そのご老人の住んでおられる家は、どちらでしょうか」

と勝四郎はたずねた。

「ここから百間程浜の方に、麻をたくさん植えた畑がありますが、その持主で、そこに小さな庵を結んで住んでおられます」

と主人は教えてくれた。それは有難いと、勝四郎が早速その家へ出かけてみると、七十くらいの、ひどく腰の曲がった老人が土間の竈の前で円座に腰をおろして、茶をすすっていたが、勝四郎の姿を見るなり、「お前さん、いまごろ帰って来るとは、いったいどういうことなんだね」という。おどろいて勝四郎が近づいて見ると、それはこの土地に昔から住んでいる、漆間の翁という人だったのである。

勝四郎は、まず何よりも翁の長寿に対してお祝いの言葉をのべた。そのあと、京都へ出かけて心ならずも長逗留をしてしまったいきさつから、昨夜の不思議な体験までを事こまかに話し、翁が亡妻のために塚を作って弔ってくれた厚恩に感謝の言葉を、涙ながらにのべたのである。翁は、話しはじめた。

「お前さんが遠くへ旅立たれたあと、夏のころから戦がはじまり、村人はあちこちへばらばらになって逃げ、若者たちは兵士としてかり出されたために、桑畑はたちまちのうちに、狐や鬼の住む草だらけの野原になってしまった。にもかかわらず、ただ一人あの貞淑な奥さんだけが、お前さんが秋には帰ると約束された言葉を信じて疑わずに、家を捨てようとしなかったのだ。この年寄りは年寄りで、足なえになってしまい、百歩の距離さえ歩けなくなってしまったため、家に身をひそめてどこへも逃げなかったわけだ。

やがて、村じゅうが、樹神などというおそろしい妖怪どもの栖となった。しかし、まだ若い女の身でありながら、お前さんの奥方というお方は、まことに気丈なお方であった。いや実際、この年になるまでずいぶんいろんなことを見たり聞いたりして来たけれども、あれ程の感動はめったにあるものではない。

秋が過ぎ、春になった。そして、奥方が亡くなられたのは、その年の八月十日だ。余りの不憫さに、わしは自分の手で土を運び、棺を埋めて、あの方が臨終に書き残されたものを墓の標として、心ばかりの供養をさせてもらったのだが、なにしろこの年寄りは、字を書くことが出来ない。それで、亡くなられた月日を書き記すことさえ出来ず、また、寺も近くにはないので、戒名をつけてもらうことも出来ぬまま、五年の歳月が過ぎてしまったのだ。

いまの、お前さんの話を聞くと、それはきっとあの方の亡魂が帰って来られて、長い間の怨みを申しのべられたのに違いあるまい。もう一度あの場所へ行って、丁重に供養なされませ」

いい終わると翁は杖をつき、先に立って歩きはじめた。墓の前に跪いた二人は、声をあげて泣いた。そしてその夜は、そこで念仏を唱えながら、夜を明かしたのである。

●真間の手児女

眠れないままに、翁は勝四郎にこんな話をはじめた。

「わしの祖父の、そのまた祖父さえまだ生まれていなかった、昔、昔、大昔のことだ。

この里に真間の手児女という、まことに美しい娘がおった。家が貧しかったため、着ているものは、青衿のついた麻の着物で、髪さえろくにとかさず、履物もはかず裸足で歩いていたのだけれども、その顔は満月のように光り輝いており、その笑顔は花が咲きにおうようで、綾や錦で着飾った都の貴婦人たちよりも美しいと、村人たちはむろんのこと、都から来た役人たちや、隣の国の人々までも、彼女に言い寄ったり、また秘かに恋慕したりしない男はいなかったそうじゃ。

ところが手児女には、それが辛くてたまらなかった。それで思い悩んだ末、いっそ死ぬことによって、自分に思いを寄せて来るすべての男たちの心に応えましょうと、この入江の波に身を投げてしまったのだ。

そのことを、何とも物悲しい哀話として、昔の人は歌にも詠み、語り伝えて来たわけなのだが、そして、このわしもまだ子供だった時分に、母親から面白く話して聞かされたものだったが、子供心にもその何ともいえない悲しさはわかったものだ。しかし、その手児女の思いつめた純情さも確かに悲しいものであったけれども、ここに葬られているお方の心は、それよりも更に何倍か、悲しいものに思われてなりませんのじゃ」

そう語る間も翁は泣き通しであった。老人はこらえ性がないためでもあるが、勝四郎の悲しみはいうまでもなかった。翁の物語をきき終わった勝四郎は、思い余った胸のうちを、田舎者(いなかもの)らしい素朴な歌に詠んだのである。

いにしへの真間の手児女をかくばかり
　恋ひてしあらん真間のてごなを

昔、真間の手児女に思いを寄せた男たちは、死んだ手児女を、ちょうどいま自分が死んだ宮木(みやぎ)を恋い慕っているのと同じような切ない思いで、恋い慕ったのであろう。これでは、まだ胸の思いを半分もいいあらわせてはいないと思うが、そのつたなさが却(かえ)って、上手な歌詠(うたよ)みの歌以上に、きく人を物悲しくさせるのだと思う。これは、下総(しもうさ)の国へしばしば通う商人が聞き伝えて語った物語である。

夢応の鯉魚（むおうのりぎょ）

●鯉（こい）になった夢

昔、醍醐天皇（だいごてんのう）の延長（えんちょう）の頃、近江（おうみ）（滋賀県）の三井寺（みいでら）に興義（こうぎ）という僧があった。大そう絵が上手で、名人と呼ばれていたが、ふつうの僧のように仏像や花鳥山水だけを描くのではなかった。寺のお勤めの暇をみては琵琶湖に小舟を浮かべ、網を打ったり釣りをしたりする漁師に金を与え、獲れた魚をもとの湖に放してやる。そして、放たれた魚が喜んで泳ぎまわる様子を絵に描いたのである。それをもう長年続けて来たので、彼の魚の絵はいまや精妙の域に達していた。

あるとき興義は、絵のことを考えているうちに、うとうとと眠り込んだ。すると、自分が湖の中で大小さまざまな魚たちと泳ぎまわっている夢を見た。そして、目がさめるとすぐ、夢で見たままを絵に描いて、壁に貼り、自らそれを「夢応（むおう）の鯉魚（りぎょ）」と名づけた。その絵の不思議な魅力にひかれて、大勢の人々が興義の絵を欲しがり、われもわれもと押しかけて来た。興義は、花鳥山水の絵ならば、気軽に引き受け、描いて与えた。しかし、鯉(こい)の絵だけは、絶対に手放そうとしなかった。そして、誰に対しても同じように、冗談めかして、こう答えた。

「殺生(せっしょう)をして、魚を食っているあなた方のような俗人に、坊主が大事に飼っている魚を差し上げられないのは当り前でしょう」

鯉の絵と、この冗談は、共に世間の大評判になった。

ある年のこと、興義は病気にかかったが、七日目になって、とつぜん目を閉じたかと思うと息が止まり、死んでしまった。弟子や知友は集まって嘆いたり、その死を惜しんだりしたが、ただ、胸のあたりに少し温かさが残っていた。それで、もしかすると生き返るかも知れないと思い、集まったものたちが三日の間ずっと見守り続けていると、果たして、手足が少し動いた。と見る間に、とつぜん長い溜息をついて目を開き、まるで夢からさめたように起き上がったのである。そして、人々に向かって、こうたずねた。

「わたしは、ずいぶん長い間意識を失っていたようだが、あれから幾日くらい経ったのだろうか」

「御師匠様は、三日前に息を引き取られたのでございます」

と弟子たちは答えた。

「寺の人々をはじめ、日頃親しかった方々もお見えになって、御葬儀のことなども相談致しましたのですが、ただ、御師匠様の胸のあたりが温かいのに気づきまして、柩(ひつぎ)におさめることを差し控え、こうしてお傍(そば)で見守り続けて参りましたところ、いま息を吹きかえされましたので、葬らなくて本当によかったと、一同喜んでいるところなのでございます」

これをきくと、興義はうなずいた。そして、誰でもいいから、すぐに檀家(だんか)の平(たいら)の助(すけ)の殿(との)のお宅へ行き、次のように話して来なさい、という。

「興義が不思議にも生き返りました。あなたはいま、酒を飲みながら魚のなますをこしらえさせておられるが、その酒宴を暫(しばら)くは中断されて、寺の方(ほう)へおいで願いたい。興義が世にも珍しい物語をおきかせ申し上げます。そうお伝えして、先方の人々が何をしているかを見て来なさい。いまわしがいった通りのことをしているに、違いないはずだから」

使いのものは、不思議に思いながら先方のお屋敷へ出かけた。そして、興義からの口上を伝えたあと、こっそり様子をうかがって見ると、なるほど、平の家では主の助をはじめ、弟の十郎、家臣の掃守(かもり)などが車座になって、酒を酌み交わしている。使いのものは、びっくりした。興義がいった通りだったのである。助の屋敷のものたちも、使いからの話をきいて、大いに不思議がり、主は早速、弟の十郎、掃守を引き連れて寺へ出向いた。

興義が、枕から頭を持ち上げて、わざわざ出向いてくれたことに礼をのべると、助はふたたび息を吹き返した興義に、お祝いの言葉をのべた。興義は早速、助に向かって、こうたずねた。

「あなたは、あの漁師の文四に魚を注文されませんでしたか」

助は、おどろいて答えた。

「確かに、注文致しましたが、どうしてそれをご存知なのでしょうか」

興義は、助の質問には答えず、話を続けた。

「あの漁師が、三尺余りの魚を籠に入れて、あなたのお屋敷の門を入って来たとき、あなたは弟さんと表座敷で碁を打っておられた。また、その傍には掃守殿が坐って、大きな桃をかじりながら碁の勝負を観戦しておられたが、漁師が大きな魚を持って来ると大喜びで、高坏に盛ってあった桃を褒美に与え、その上、盃を取らせて三杯注いで飲まされました。それから調理人が魚をなますにした、というわけですが、この一部始終、愚僧の申し上げた通りではございませぬかな」

きいて助たちは、余りの不思議さに何とも奇妙な気持になり、何故だろうかと、そのわけをききたがった。興義は、話しはじめた。

●自由な遊泳

「わたしが病で苦しんでおりましたとき、余りの苦しさにとても堪えきれなくなり、自分がそのとき息絶えたことも知らずに、熱苦しさを何とか少しでもさましたいと思って、杖にすがって門を出てみると、次第に気分がよくなって来て、まるで籠の鳥が大空へ戻ったような気持になりました。それで、山や里を足まかせに歩きまわっていると、湖のそばに出ましたが、その青々とした湖水を見ているうちについ夢心地になり、着ているものを脱ぎ捨てるが早いか、いきなりざんぶと飛び込んだのです。そして、あちこち泳ぎまわったわけですが、子供の時分から特に泳ぎが得意だったわけでもないのに、どういうものか、自由自在に泳ぐことが出来ます。いま思えば、まったく夢のような話ですけれども、いくら自由に泳げるとはいっても、やはり魚にはかないません。自分もあんなふうに泳げないものか、と魚を羨しく思ったものです。すると、そこにいた一匹の大きな魚が、こういいました。

『和尚様の願いを叶えてさし上げるのは、簡単なことです。ちょっとお待ち下さい』

そういって底の方へ消えたかと思うと、やがて、冠をかぶり装束をつけた人物が先の大きな魚の背にまたがり、大勢の魚どもを引きつれてあらわれ、わたしにこういいました。

『湖の神様の仰せをお伝え致しましょう。老僧はかねがね、捕らえられた魚たちをずいぶんたくさん助けて来られた。その功徳により、暫くの間、金色の鯉の服を授けて、水中の楽しみを存分に味わわせてさし上げよう。ただし、餌のいい匂いに惑わされて、釣り糸にかかり、身を亡ぼすことのないように』

いい終わるや否や、人も魚も姿を消してしまいました。不思議さの余り、わたしは自分の体を眺めまわしました。すると、いつの間にかわたしは、全身を金色の鱗におおわれた、一匹の鯉に変身していたのであります。

しかし、わたしはそうなった自分を、別に不思議だとも思わなかったようすで、尾を振り、鰭を動かして、思う存分あちこち泳ぎまわりました。まず、長等山（大津市）の山おろしに吹かれて立ち騒ぐ波に身をのせて、志賀の浦（大津市）の汀に遊んでいると、水際すれすれのところを人間が歩いているので、びっくりして、比良（滋賀県志賀町）の高山の影を映している水面深く潜って逃げたのですが、しかし、堅田（大津市）のあたりに漁火がまたたきはじめるころになると、水の底にじっとしていることが出来ず、知らず知らずのうちに漁火の方へ誘われて行くのが不思議でした。真夜中になると、鏡山（滋賀県竜王町）の峯にかかった鏡のような月が、暗闇の湖面に映り、また、あちこちの港を照らし出して、何ともいえない眺めなのです。沖の島（滋賀県近江八幡市）から竹生島（滋賀県びわ町）へと泳いで行くと、波に映っている朱塗りの玉垣に、思わずはっとさせられました。そうこうしているうちに、やがて夜が明け、伊吹山（滋賀県伊吹町）からの山風に送られて朝妻の渡し舟が漕ぎ出され、芦の間でまどろんでいたわたしは眠りをさまされました。矢橋（草津市）の渡しのあたりでは、船頭の水さばきも鮮やかな棹を危うく逃れましたし、また、瀬田（大津市）の唐橋の近くでは、橋番の男に追っかけられ、危うく捕らえられそうになったのも一度や二度ではありませんでした。そういうふうにして、日ざしが暖かいときは水の面に浮かび、風の強いときは深い水底で遊んでいたのであります。

●驚きの目覚め

ところが、わたしはとつぜん空腹をおぼえました。それで、あちこち探しまわりましたが見つからず、もう無我夢中で泳ぎまわっていたところへ、ちょうど文四が釣り糸を垂れて来たというわけでした。その餌は、まことにいい匂いでした。しかし、まだわたしには、湖の神様の戒めを思い出すだけの理性が残っていました。いやしくも自分は仏に仕える僧侶の身ではないか。暫くの間何も口にしていないからといって、魚の餌を食うとは何たる浅ましいことか。そう考えて、そのときはその場を離れたのです。

しかし、時間が経つうちに、空腹はますます激しくなって来ます。そこで、もう一度、考え直しました。もう、とても我慢出来ない。この餌を食ったからといって、おめおめ捕らえられることもあるまい。それに文四は知らぬ男ではなし、何を遠慮することがあろうか。そして、わたしはついにその餌を呑み込んだのであります。

文四は、素早く釣り糸をたぐって、わたしを捕らえました。『おい、いったい何をする気だ』とわたしは叫びましたが、文四はいっこうに知らぬ顔です。わたしの顎に縄を通すと、芦の茂みに船をつなぎ、わたしを籠の中に押し込みました。そして、あなたのお屋敷の門を入って行ったのです。あなたが、弟さんと碁を打っていたときです。掃守殿は、そばで桃を食べていました。そして、文四が持って来た大きな魚を見て、皆さん方は、大いに喜ばれたのでした。わたしは、皆さん方に向かって、大声で叫びました。

『あなた方は、この興義をお忘れになったのか。命だけはお助け下さい。わたしを寺に帰して下さい』

しかし、どなたも知らぬ顔をしたまま、手を打って喜んでいるばかりです。やがて、調理人が、まずわたしの両眼を左手の指でぎゅっと押さえ、右手に庖丁を持って、わたしを俎板の上にのせました。そして、まさにわたしを切ろうとしたとき、わたしは余りの苦しさに、泣き叫びました。

『仏に仕える坊主を殺すつもりなのか。助けてくれ、助けてくれーい』

しかし、誰もきき入れてくれません。ああ、もう駄目だ、とわたしは思いました。そのとき、ふっと目がさめたのです」

興義の話をきき終わった人々は、何とも不思議な気持になった。

「そういわれてみれば、確かにあのとき、魚の口は動いていました。しかし、声はぜんぜんきこえなかったのです」

と平の助はいった。そして、すぐに使いのものを家に走らせ、残っていたなますを湖に捨てさせたのである。

病気が治った興義は、そのあとずっと長生きをして、天寿を全うしたが、その臨終に際して、彼はそれまで自分が描いた何枚かの鯉の絵を、湖に散らした。すると、絵に描いた鯉が紙から抜け出て、水中を泳ぎまわった。興義の絵が後世に伝わらなかったのは、そのためなのである。

その後、興義の弟子の成光（なるみつ）というものが、その妙技を受け継いで評判になった。何でも、京都の閑院内裏（かんいんだいり）の襖（ふすま）に鶏（にわとり）の絵を描いたところ、本物の鶏が間違えて蹴ったという。そんな話が、昔の物語に書き残されている。

仏法僧

ぶっぽうそう

●高野参り

浦安の国という名の通り、国じゅうにはずっと平和が続き、人々は仕事にも精を出したが、暇をみつけては、あちこちへ旅行するのが何よりの楽しみであった。春は、花の下に憩いを求め、秋は紅葉の林を訪ねる。また、遠く筑紫（九州）の名所も見物せねばと旅立った人々が、船の中で、この次には富士も見たい、筑波山にも出かけてみたいと、次から次へと旅の夢をふくらませるのも、自然のなりゆきというところであろう。

伊勢の国、相可（三重県多気町）という村に拝志という人がいた。早々と家督を息子に譲って、別に不幸があったというわけでもないのに頭をまるめ、名を夢然と改めていたが、もともとが丈夫な人で病気もなかったので、諸国をあちこち旅行するのを老後の楽しみにしていた。ただ、末の息子の作之治というのが、どうも生まれつき余り融通がきかない。それが少しばかり気になっていたので、ひとつ都の様子でも見せてやろうということで、一月余り京都二条の別宅に逗留したのである。そのあと、三月の末になって吉野に桜を見に出かけ、知り合いの寺に七日ほど泊まったのであるが、そういえばまだ高野山へ一度も参っていなかったのを思い出し、ちょうどよいついでということになって、夏の初めの青葉の茂みをかき分け、かき分け、天の川というところから山を越えて、摩尼の御山に登り着いた。ずいぶん嶮しい道中であった。そのため、思ったよりも時間をとられ、登り着いたときはすでに日は暮れようとしていた。

それでも二人は、高野山の大塔、金堂それから奥の院の霊廟まで残らず参拝したのである。そして、今夜はここに泊めてもらおうと、宿坊の前に立って声をかけたのであるが、誰も応えてくれない。たまたま通りかかった人にたずねてみると、「お寺やお坊さんに縁故のない人は、山を下って泊まることになっています。この山の寺はどこでも、旅人に一夜の宿を貸す習慣はありません」という。

これは、いったいどうしたものか。いかに丈夫とはいっても、そこは老人である。嶮しい山道を越えて来たところへ、その話をきいて、にわかにがっくりと疲れをおぼえた。

「日も暮れましたし、その上この足の痛みようでは、麓まで下るのは、とても無理です」

と作之治はいった。

「わたしはまだ若いですから、たとえ草の上に寝ても構いませんが、父上がもし病気にでもなられたら、とそれが心配です」

すると、夢然はこう答えた。

「いやいや、旅というものは、こういうことがあってこそ、また趣があるというものだ。今夜のうちに、痛い脚をひきずり、疲労困憊して里へ下ってみたところで、そこが自分の故郷というわけでもなし、また明日の道中にしたところで、何が起こるか予想は出来ない。この山は日本第一の霊場であって、弘法大師の御徳は広大無辺、一晩じゅう徹夜で参籠祈願し、安楽往生をお願いするために、本来ならばわざわざ出かけて来なければならないところなのだ。それが、たまたまこういうことになったというのは、ちょうどよい折というべきであるから、大師様の霊廟の前で夜通し念仏を唱えることにしようではないか」

それから二人は、鬱蒼たる杉並木の暗がりの中を参道伝いに歩いて行き、やがて奥の院の霊廟前の燈籠堂に着いた。そして、その縁先に雨具を敷いて席をこしらえ、さて心静かに念仏を唱えはじめたのであるが、夜が次第に更けてゆくにしたがい、何ともいえず心細さをおぼえたのである。

●仏法僧の声

高野山は、およそ五十町四方がきちんと伐り拓かれた平坦な地で、あたりには無気味な原生林もなく、小石ひとつさえ清められたありがたい霊地であるが、さすがに奥の院は寺院も遠く、陀羅尼を唱える声も、また鈴や錫の音もきこえてこない。樹木は雲をしのぐ程に高々と聳えて茂り合い、参道を横切って流れる川の音が細く澄んだ音をたてて、何とももの淋しい。眠れないままに、夢然は息子に話をはじめた。

「そもそも、弘法大師の御徳は土石草木にまで霊を宿らせて、八百余年を経た今日に至っても、その霊験はますますあらたかであり、いよいよ尊いものだ。大師の遺された業績や、巡り歩かれた旧蹟は、日本じゅう至るところに数多いけれども、その中でも、この高野山こそは第一番の道場であって、まだ大師のご存命中のことであるが、遠く中国に留学された折、霊感を得られ、『この三鈷の落ちた場所こそ、この自分が宗旨を開き広める霊地である』と、そういわれて手にした三鈷を空高く投げられたところ、果たして、この山に落ちたのである。壇場の御影堂の前に三鈷の松といって、葉が三つに分かれた松の木が立っているが、そこがその三鈷の落ちた場所なのだといわれている。そういうふうに、この山の物はすべて、一木一草から水や石に至るまで、ただの物ではなくて、霊を宿しているのだ。今夜、不思議なめぐりあわせによって、ここで一夜の宿をお借りすることになったのも、前世からの有難い御縁なのだと思う。お前も、まだ若いからといって、ゆめゆめ念仏を怠ってはならんぞ」

そんなことを夢然は、小さな声で息子に話した。しかし、その小さな声が、夜のしじまに澄み渡って、何とも心細い限りであった。

とつぜん、ブッパン、ブッパンと鳴く鳥の声がきこえて来た。霊廟のうしろの林からだと思われるが、それがこだまになって、すぐそばで鳴いているようにきこえる。夢然は、目のさめる思いだった。ああ、何と珍しい声をきくことだろう。あの鳥こそ、仏法僧に違いあるまい。かねがね、この山に棲んでいるとはきいていたが、自分の耳でその声をきいた人はまだいないという。その声を今夜ここに宿ってきけたことは、まさに滅罪生善の有難い兆というべきではなかろうか。あの鳥は清浄の地を選んで棲むといわれている。上野の国の迦葉山(群馬県沼田市)、下野の国の二荒山(栃木県日光市)、山城の醍醐(京都市)の峯、河内の杵長山(大阪府南河内郡太子町)、などだというが、中でもこの高野山に棲んでいることは、大師がお詠みになった次の詩偈にも出ており、広く世に知られている。

寒林独坐草堂暁　三宝之声聞二一鳥一
一鳥有レ声人有レ心　性心雲水倶了々

また、古い歌にこういうのもある。

松の尾の峯静なる曙に
あふぎて聞けば仏法僧啼く

昔、最福寺の延朗法師は、法華経の第一人者であり、松の尾神社の祭神が、この仏法僧を延朗法師のおそばに仕えさせたといい伝えられているから、松の尾神社の神域にも棲んでいたわけである。それにしても、今夜くしくも仏法僧の一声をきいた以上、これが黙っておられようか。この感動を何とか、日頃からたしなんで来た俳諧に表現したいものだと思った。暫くして、次の一句が口をついて出て来た。

鳥の音も秘密の山の茂みかな

夢然は旅行用の小硯を取り出すと、御燈明の光をたよりにその自作を書きつけ、耳をすませた。もう一度、仏法僧の一声をききたいと思ったのである。ところが、裏の林とは反対に寺院の方から、先払いの声がいかめしくきこえた。そしてその声は、次第にこちらへ近づいて来るようである。

●夜更けの酒宴

こんな夜更けに、いったいどなたがお参りされるのだろう。夢然にはまったく想像もつかず、おそろしさに息子と顔を見合わせ、息を殺した。そして、声のする方へ身動きもせずに目をこらしていると、とつぜん、橋板を荒々しく踏み鳴らしてこちらへ向かって来る、先払いの若侍の姿が見えたのである。

二人は驚いて燈籠堂の右端に身を隠そうとした。しかしそれを若侍は目ざとく見つけて、「何者だ。殿下のお出でであるぞ、早く下へ降りろ」という。二人は慌てて縁を降り、地面に平伏した。間もなく大勢の足音がきこえて来たが、中でもひときわ高く沓音を響かせて、烏帽子をかぶり直衣を着けた貴人があらわれ、お堂に上った。お付きの侍が四、五名、その左右に坐り、誰それはどうして来ておらぬ、と貴人がたずねると、すぐに参るはずでございます、と答えた。

そこへまた足音がして、威風堂々とした武士、頭をまるめた入道などの姿が見えた。武士と入道は、貴人に向かって恭しく一礼すると、お堂に上った。

「常陸介、その方はどうして遅れたのじゃ」

と、貴人は武士にたずねた。

「白江、熊谷の両名が、殿下に御酒を差し上げるのだと申してあれこれ用意致しておりましたので、拙者もお肴を一品ととのえて差し上げようと思い、そのためにお供に遅れたのでございます」

と、武士は答え、早速、肴を並べて酒をすすめた。

「万作、酌をせい」

と貴人が声をかけると、美貌の若侍がかしこまっていざり寄り、お酌をした。それから、あちらへこちらへと盃がまわされ、やがて酒宴はたけなわとなったのである。

「暫く紹巴の話をきかぬな。ここへ呼べ」

と貴人が命じると、それが順に前の方のものからうしろの方へと伝えられて行ったが、ちょうど夢然が平伏しているうしろのあたりから、体の大きな一人の法師が出て来た。体同様に顔も大きく、目鼻立ちのはっきりした男で、法衣をつくろって縁に上ると、い並ぶ武士たちの末座に坐った。貴人が法師に、古歌や故事など、あれこれたずねると、法師はひとつひとつ丁寧に答えた。貴人はその返答に大いに満足の様子で、この男に何か褒美を与えるように、と近くのものに命じたのである。

●玉川の水

一人の武士が、法師にたずねた。

「この高野山は、大徳ある弘法大師（こうぼうだいし）がお開きになったもので、一木一草から土や石に及ぶまで、霊を宿していないものはないといわれる。ところが、そこを流れておる玉川の水には毒があり、飲んだものは死んでしまう。だから大師は、『わすれても汲（く）みやしつらん旅人の高野の奥の玉川の水』という歌を詠（よ）まれたのだ、という話をきいたことがあるけれども、さすがの大徳をもってしても、この毒のある川の水を涸（から）してしまうことは出来なかったのであろうか。そのあたりがよくわからないのであるが、貴殿はどう解釈なさるかな」

法師は、微笑を浮かべて、こう答えた。

「この歌は『風雅集（ふうがしゅう）』に入っておりますが、その詞書（ことばがき）に、『高野山の奥の院へ参る途中にある玉川という川は、水上（みなかみ）の方に毒虫が多いので、その水を飲んではならないということを知らせておいたあとで、この歌を詠んだ』とはっきり書かれてありますから、貴殿のおっしゃる通りなのです。それともう一つ、貴殿の疑問がもっともだと思われますのは、こういうことです。つまり、大師は神通自在（じんずうじざい）であって、道のないところにも道を作り、土を掘るよりも簡単に岩壁をくり抜き、大蛇を封じ込め、どんな怪鳥をも手なずけて従わせるなど、天下の人々が畏（おそ）れ尊ぶ奇蹟をお示しになられたことを思い合わせると、この詞書はどうも本物とは思えません。

そもそも、この玉川という名の川は、日本じゅうあちこちにあって、どの玉川を詠んだ歌も、その流れの清らかさを褒(ほ)めたたえたものです。それを考え合わせてみると、この玉川も決して毒のある川ではなくて、したがって大師の歌の意味も、こういうことになるのではなかろうかと思います。つまり、それ程流れの清いことで名高い玉川という川がこの高野山にもあるが、仮にそのことを忘れてしまっている人でも、この玉川の清流を見れば、名前が玉川というためではなくて、その流れが余りにも清らかであるため、思わずすくって飲むことであろう、とお詠みになられたのではなかろうかと思います。それを、後世の人が、この玉川には毒があるという俗説に惑わされて、この詞書をあとから作り上げたものと思われます。

また、もう少し深く疑ってみますと、この歌の調子は、平安朝初期の、つまり大師がご存命中の頃のものではありません。およそ、古くからある、玉鬘(たまかずら)、玉簾(たますだれ)、珠衣(たまぎぬ)などという言葉は、形のよさ、清らかさを褒める言葉であって、清い水のことは玉水、玉の井、玉川などと表現するのであります。ですから、毒のある流れに、『玉』という言葉を冠(かぶ)せるわけがありません。ただ無闇(むやみ)に仏(ほとけ)だけを有難がり、歌そのものをよく知らない人が、こういう誤りをやり勝ちなのです。ところが、貴殿は歌詠(うたよ)みでもいらっしゃらないのに、この歌の意味に疑問を抱かれたとは、まことにご立派なたしなみでございます」

法師が、そういって武士を褒めたたえると、貴人をはじめ一座のものは、なるほど、と法師の解釈に感服したのである。

●深山の句会

そのとき、燈籠堂の裏で、また「ブッパン、ブッパン」と啼き声がきこえた。

「あの鳥の啼き声も暫くきかなかったが、これで今夜の酒宴はひときわめでたいものになったぞ。紹巴、一句どうじゃ」

と、貴人は手にした盃を高くさし上げられた。法師は、かしこまって答えた。

「私の句は、もう殿下にはお珍しくも何ともございますまい。それよりも、ここにお籠りしている旅人が、当世風の俳諧を作っております。その方が珍しいと思いますので、そのものを呼び出して、おきき下さいませ」

「そのものを呼べ」

と貴人が命じると、若侍が夢然の方へ向かって、「お召しであるぞ、近う参れ」という。夢然は、おそろしさの余りもう無我夢中で、御前へ這い出した。

「さっき詠んだ句を、わが君に申し上げよ」

と法師がいった。

「何を申したのでございましょうか。いっこうにおぼえておりません。どうかお許し下さいませ」

と夢然は答えた。

「秘密の山という句を詠んだではないか。殿下がおたずねになっておられるのだ。急いで申し上げよ」

これをきくと夢然はますますおそろしくなって、たずねた。

「殿下と仰せられますのは、どなた様でございましょうか。また、どうしてこのような深山で夜宴を催されておいでなのでしょうか。まったく見当もつかぬことでございます」

たずねられて法師は、こう答えた。

「殿下と申し上げたのは、関白秀次公であられる。また、ここに居並ぶ面々は、木村常陸介、雀部淡路、白江備後、熊谷大膳、粟野杢、日比野下野、山口少雲、丸毛不心、隆西入道、山本主殿、山田三十郎、不破万作、そして、かく申すそれがしは紹巴法橋というものである。お前たちは不思議なご縁で拝顔の栄に浴したのであるぞ。さあ、先ほどの句を急いで申し上げよ」

これをきいた夢然は、思わずぞっとした。もし彼が頭を丸めていなかったならば、一瞬にして髪の毛が太くなったのではなかろうか。とにかく、肝も魂も宙に浮き上がるような心地だった。夢然はがたがた震えながら、頭陀袋をあけて新しい紙を取り出した。そして、筆の字もしどろもどろに書きつけて差し出すと、山本主殿がそれを受け取って、声高く詠み上げたのである。

鳥の音も秘密の山の茂みかな

貴人はこれをきいて、「こざかしくも詠みおったな。誰かこれに付句を致せ」という。

「私が致しましょう」

と、座を進み出た山田三十郎がいった。そして暫く思案したあと、こう付けた。

芥子たき明かすみじか夜の牀

詠み上げてから三十郎は、「いかがでしょうか」と、紹巴に句を書きつけた紙を見せた。

「お見事でございます」

と、紹巴は、それを秀次公の前に差し出した。

「まんざら悪い出来でもないわ」

と貴人は面白がり、飲み干した盃を一座のものたちにまわした。

●修羅の時

やがて、雀部淡路がとつぜん血相を変えて、秀次公に申し上げた。

「そろそろ修羅の時刻になったようでございます。阿修羅どもが、お迎えに参ったと申しております。お立ち下さいませ」

これをきくと、一座のものたちは、たちまち血を注いだような顔色になり、「ようし、宿敵石田三成、増田長盛の奴輩に、今夜も一泡ふかせてやろうぞ」と、勇み立って、騒々しくなった。秀次は木村常陸介に向かって、「つまらぬ奴にわが姿を見せてしまったわ。あいつら二人も修羅道へ連れて参れ」と命じたのであるが、老臣たちが間に割って入り、口を揃えてそれを押しとどめた。

「まだ寿命の尽きていない者どもでございます。いつもの悪い癖をお出しなさいますな」

そして、みるみる、その老臣たちの姿も、また人々の姿も、遠く大空の彼方にかき消えてしまったのである。

夢然親子は、気を失って、暫くは死んだようになっていた。やがて、東の方の空が少しばかり明るくなり、梢から落ちて来る冷たい露を受けて息をふき返したけれども、まだ夜はすっかり明け切ったわけではなかった。二人はおそろしさの余り、早々に大師の御名を何度も唱え、陽が昇るや否や、急いで山を下って京都に戻った。そして、薬を飲むやら、鍼の治療やらに専心したのである。

ある日、三条の橋を通りかかった夢然は、橋の畔の瑞泉寺にある秀次の首塚を思い出した。すると、どうしてもその方に視線が引き寄せられてしまうのだった。夢然はそのときのことを、「いや、真昼であったにもかかわらず、何とも不気味な気配でした」と、京都の人々に話したという。それを、きいたままここに書き記したのである。

吉備津の釜

きびつのかま

●不身持ちな男

「嫉妬深い女ほど始末の悪いものはない、というが、しかし、年を取ってみると、それが必ずしも悪徳だけではなかったことに気づくだろう」などといったのは、いったいどこの誰であろうか。嫉妬の害は、小さい場合でも、第一に家業の妨げとなり、器物を破損し、隣近所からの悪口は免れがたい。また、大きい場合は、家庭を破滅させ、国を亡ぼし、ながく天下の笑い物となるのである。

昔から、嫉妬深い女の毒に当たって身を亡ぼした者は、数知れなかった。嫉妬の余り、死んで大蛇となったり、あるいは稲妻や雷となって男に復讐するような女は、その肉を切り刻んで塩漬けにしても、まだ足りないくらいであるが、そこまで極端な例は、さすがに少ないようだ。要は、夫たるものの態度如何であろう。女の嫉妬心を煽るような言動を慎み、教育を怠らなければ、嫉妬の害などは自然に避けられるはずなのである。ところが、つまらぬ浮気心などのために、ただでさえひねくれやすい女の嫉妬心に火をつけ、われとわが身に災いを招くことにもなるのだと思う。

「禽獣を制するのは人間の気合いであり、妻を制するのは夫の男らしさである」といわれているが、まことにその通りだと思うのである。

吉備の国、賀夜の郡庭妹（岡山市）の里に井沢庄太夫という人があった。祖父は播磨の国（兵庫県）の赤松氏に仕えた武士であったが、過ぐる嘉吉元年の乱で赤松氏が滅亡したため、播磨からこの地に移り住み、以来、庄太夫に至るまで三代、春は耕し、秋は収穫する農業にいそしみ、豊かに暮らしていたのである。

ところが、庄太夫の一人息子の正太郎というのが、大の農業嫌いで、その上、酒色に溺れて父親のいうことをまるできかない。両親は頭を悩まして、思案した挙句、誰かちゃんとした人の娘で、器量よしの嫁をもらってやれば、あいつの不身持ちも治まるに違いない、ということになった。そこで、あちこち探していると、運よく仲だちをしようという人が、こんな話を持ちかけて来たのである。

「吉備神社の神主香央造酒という人の娘で、容姿が美しいばかりでなく、なかなかの親孝行で、その上、和歌や箏のたしなみもあります。もともと香央家は、吉備の鴨別命の子孫で由緒正しい家柄ですから、この縁組はまことに良縁だと思われます」

「まことにいいお話をきかせて下さいました」

と庄太夫は、仲人の老人に答えた。

「ただ、香央家はこの地方の名家であり、私どもは氏素姓(うじすじょう)もない、卑しい百姓です。これでは家柄が釣り合いませんから、おそらく先方が承知なさいますまい」

「それはご謙遜でございましょう」

と、仲人の老人は微笑を浮かべた。

「この私が、きっとうまくまとめまして、結婚の運びに致しますから」

それから老人は早速、香央家へ出かけてゆき、この縁談を持ちかけたところ、大そう喜ばれたのである。主人から話をきいた妻も大そう乗り気で、娘ももう十七であるから、早く吉日を選んで結納を取り交わして下さいという。それで話は早くも決まって、その旨を井沢家に伝え、早速、結納が交わされ、吉日を選んで結婚式を挙げることになったのであるが、それに先立って、香央家では、巫子(かんなぎ)や祝部(ほうり)たちを集めて、御(み)釜祓(かまばらい)の神事が執(と)り行われたのである。

●御釜祓(みかまばらい)の神事

この御釜祓(みかまばらい)というのは、いろいろな供物(くもつ)を神前に供えて、神前の大釜に御湯をわかし、事の吉凶を占う行事であって、御湯が沸き上がるときに、吉兆ならば、釜の鳴る音が牛の吼え声のようにきこえるという。反対に、凶兆ならば、釜は鳴らない。これが、古くから伝わる吉備津の釜祓であるが、さて、香央が娘の縁談を占ってみると、釜は、まるで秋の虫がくさむらで鳴いているような、小さな音しか出さなかった。

もしかするとこの縁談は神に祝福されていないのかも知れない、と香央は思った。それで、このことを妻に話すと、妻はまったく疑いを抱かない様子で、こう答えた。

「御釜が音を出さなかったのは、祝部たちの体がけがれていたからだと思います。それに、一旦、結納を取り交わして夫婦となるべき約束をしたからには、たとえ先方が仇敵に当たる家であっても、また他国の人であっても、約束を違えてはならないときかされております。特に井沢は武門の出であり、由緒正しい家ときいておりますから、いまになって断っても承知致しますまい。そればかりではありません。なにしろ娘は、婿殿となるべき人が大そう美男であることをすでに噂にきいて、婚礼の日を指折り数えて待っております。ですから、もし、いまのような話でもきこうものなら、どんな無分別なことを仕出かすやら、わかったものではありません。そのときになって後悔しても、取り返しはつかないと思います」

なるほど、いかにも女らしい意見という他はないが、香央にしても、もともと願わしい良縁だと思っていたわけである。とうとう妻の言葉に説得された形になった。そしてやがて婚礼の準備もととのい、両家の親類縁者たちが集まって、鶴の千年、亀の万年と、新しい夫婦の契りを祝ったのである。

●新妻の嘆き

井沢の家に嫁いで来た香央の娘磯良は、朝は早く起き、夜は遅く寝て、舅、姑にまめまめしく仕えた。また、夫の性質もよく呑み込んで、細かい心づかいを忘れなかった。両親は、まことによい嫁をもらったものだと、それは大変な喜びようであったし、夫の正太郎も、そういう磯良に惚れ込んで、夫婦仲むつまじく暮らしはじめたのである。しかし、生まれついての好色な性質というものは、どうしようもなかった。いつのころからか正太郎は、鞆の津（広島県福山市）というところの袖という遊女のもとへしげしげと通うようになり、とうとう身請けしたばかりか、隣村に妾宅を構えて、そこに何日も入りびたるようになったのである。

磯良は、もちろん正太郎を怨んだ。そして、あるときは両親が大そう怒っていることにかこつけて小言をいったり、女としての自分の気持を訴えて怨み言をのべたりしたのであるが、正太郎にはいずれも、馬の耳に念仏であって、ついに一月以上も家へ帰らなくなってしまった。

正太郎の父は、磯良のいじらしさを見るに見かねて、正太郎を家へつれ戻すと、座敷牢に監禁した。磯良はそれを悲しんだ。そして、朝から晩まで、あれこれ夫の面倒をみたばかりか、妾宅の袖のところへもこっそり物を届けてやったりしたのである。

ある日、父の留守を見はからって、正太郎は磯良に、こう話しかけた。

「そなたの真心のこもったふるまいを見て、自分の犯した罪をいまはつくづく後悔しているのだ。まず、あの女を故郷へ送り帰し、それから父上にもお詫びをすることにしよう。あの女は播磨の印南野（兵庫県高砂市から明石市）の出身なのだが、親もなく、不幸の境遇にあったのをつい不憫に思って、情けをかけてしまったのだ。私に捨てられたならば、また港町の遊女に身を落としてしまうに違いない。同じ遊女ではあっても、都ならば人情も厚いという話であるから、あの女を都へ送り届けて、ちゃんとした人のところで働かせてやりたいと思うのだが、なにしろ、自分がこういう状態では訪ねてもやれず、持ち合せもないに決まっている。旅費や衣類さえ、工面してくれる人はいない。そこでお願いなのだが、そなたからあの女に、必要な物を恵んでやってはもらえないだろうか」

正太郎から、そう甘い言葉で頼み込まれて、磯良は大そう嬉しく思った。そして、それならばわたしにおまかせ下さいと、自分の着物や道具類をこっそり金に替え、更に、実家の母へも嘘をついて金を貰い、それをそっくり正太郎に渡した。すると正太郎は、金を持ってこっそり家を抜け出し、袖を連れて都の方へと姿をくらましてしまったのである。

ここまで欺(だま)されては、さすがの磯良も、心から正太郎を呪(のろ)わずにはいられなかった。彼女は夫を怨み、わが身を嘆いた。そして、とうとう重い病気になってしまった。井沢、香央両家の人々も正太郎を憎み、磯良をあわれんで、医者に頼み、その回復を祈った。しかし、磯良の病状は日増しに悪化するばかりで、ついに粥さえ喉(のど)を通らなくなり、危篤(きとく)状態に陥ったのである。

●秋のわびしさ

そのころ、都へ向かって出奔(しゅっぽん)した正太郎と袖(そで)の二人は、播磨(はりま)の国印南(いなみ)の郡(こおり)、荒井(あらい)(兵庫県高砂(たかさご)市)という里に辿(たど)り着いた。そこに、袖の従弟(いとこ)に当たる彦六(ひころく)という男が住んでいたので、彼のところに暫(しばら)く滞在することにしたのだった。彦六は、正太郎たちを歓迎して、こんなことをいった。

「都へ行ったからといって、頼りになる人ばかりではありますまい。それよりも、ここでお暮らしなさい。一つ釜の飯を分け合って、一緒に何か仕事をしようじゃありませんか」

この頼りになりそうな言葉をきいて、正太郎は安心し、この土地に住んでもよい気持になった。彦六はわが家の隣のあばら家を借りて正太郎たちを住まわせた。そして、いい相手が出来たと喜んでいたのである。

ところが、袖の様子がとつぜんおかしくなった。最初は風邪気味だといっていたのが、そのうち、何だかひどく苦しみ出し、ついには物の怪にでもつかれたように、狂い、のたうちはじめたのである。この土地に着いて、やっと一安心したばかりのところだというのに、と、正太郎は自分の不運を嘆きながら、食事さえ忘れて看病に当った。袖は、ひとしきり声を上げて泣きながら、いかにも息苦しそうな様子を見せたかと思うと、やがて治まって、何事もなかったように、けろりとしている。その繰り返しだったのである。

正太郎は、これは生霊のたたりかも知れない、と思った。もしかすると、故郷に捨てて来た妻に何か起こったのではなかろうか。しかし、袖にそれを打ち明けるわけにもゆかない。彦六は、そんな正太郎を慰めるように、いった。

「そんなことはありませんよ。疫役が苦しいものだということは、何度もこの目で見て、よく知っています。熱さえさめれば、まるで夢でも見ていたように、忘れてしまうものです」

　正太郎は、この彦六の呑気そうな言葉にさえ、縋(すが)りつきたいような気持であったが、看病の効果はまったくあらわれなかった。そして、発病してから七日で死んでしまったのである。正太郎は、天を仰ぎ、地面を叩いて、いっそ自分も一緒に死んでしまいたいと、狂ったように嘆き、悲しんだ。彦六は一生懸命、それを慰めた。そして、ようやく袖の遺体を火葬し、骨を拾って墓を作った。卒塔婆(そとば)も立て、僧を呼んで手厚く菩提(ぼだい)を弔(とむら)ったのである。

　正太郎は地面に伏して黄泉(よみ)の国に去った妻を慕ったが、死者を呼び戻す方法はなかった。また、天を仰いで故郷のことを思うと、それは黄泉の国よりも更に遠くにあるような気がして、途方に暮れてしまったのである。彼は終日、寝て暮らした。そして、夕方になると袖の墓へ参るのであったが、盛り上げた墓土には早くも雑草が生い茂り、すだく虫の音が何とももの悲しい。彼は、この秋のわびしさが、自分一人だけに押し寄せて来たような気がした。

●妻の恨み

ところがある日、袖の墓のかたわらに新しい墓が出来ているのに気づいた。墓には、一人の女が参っており、いかにも悲しそうな様子で、墓前に花を手向け、水を注いでいるのだった。

「まだお若いあなたが、こんな人里離れた荒野へお墓参りをされるとは、何ともお気の毒なことです」

と、正太郎は女に声をかけた。すると女は振り返って、こう答えた。

「わたしがいつも夕方お参り致しますと、あなた様が、必ず先にお参りされております。きっと、愛するお方をお亡くしになられたのでございましょう。ご心中、お察し申し上げます」

「おっしゃる通りでございます。十日程前にいとしい妻を亡くしました。わたし一人取り残されて、心の支えを失い、心細くて、ここにお参りすることだけを、せめて心の慰めとしているのでございます。あなたにも、きっと同じような事情がおありなのでございましょうね」

「わたくしがこうしてお参り申し上げておりますのは、ご主人様のお墓でございます。家に残っておられる奥方様がお嘆きの余り、重い病にかかってしまわれましたので、こうしてわたくしが、代わってお参り申し上げているのでございます」

「奥様がご病気になられたのも、まことにもっともなこととお察し致します。それで、お亡くなりになったのはどういうお方なのでしょうか」

「ご主人様は、この地方の由緒ある家柄のお方でしたが、ある人の讒言にあって領地まで失い、その後はこの田舎の片隅にわび住いをされておられたのでございます。奥様は、隣国にまでも評判のお美しいお方でございますが、ご主人様は、このお美しい奥様のことがもとで、家も領地も失ってしまわれたのでございます」

この女の話に、つい心を惹かれて、正太郎はたずねた。

「それで、奥様が一人淋しくお住いになられているのは、ここから近いところでしょうか。お訪ね申し上げて、互いに同じ悲しみを語り、お慰め致しましょう」

「住いは、あなた様がここへおいでになる道から、少し横道へ入ったあたりでございます。奥様も心細くていらっしゃいますから、ときどきお訪ね下さいませ。きっと奥様もお待ちになっておられると思います」

そういうと、女は先に立って歩きはじめた。

二町余り行くと、細い道があった。そこへ曲がり込んで、更に一町ばかり歩くと、薄暗い林の中に、小さな茅葺きの家があった。竹の編み戸がいかにもわびし気に見えた。七日過ぎの新月に輝らし出された広くもない庭は、荒れ果てていて、何ともいえぬうら淋しい眺めである。

「ここでお待ち下さいませ」

といって、女は家の内に入った。正太郎が、苔むした古井戸のあたりから家の中をうかがって見ると、少しばかり開いた襖の隙間から燈火が風にゆらめいており、その光で、黒塗りの違い棚がきらきらときらめいていて、奥ゆかしい風情である。やがて、女があらわれた。

「お訪ね下さったことを奥様に申し上げましたところ、『どうぞお入り下さいませ。物越しにお話し申し上げましょう』とおっしゃって、床から出て来られました。あちらへお越し下さいませ」

そういって女は、前庭をまわり、奥の方へ正太郎を案内した。二間の表座敷の戸を、体の幅くらいあけて中に入ると、低い屏風が立てられていて、その向うに古い夜着の端が見えた。おそらく女主人のものであろう。正太郎は、屏風の方に向かって、話しかけた。

「ご不幸にあわれた上、ご病気にまでかかられたとおうかがい致しました。わたしも、いとしい妻を失いましたので、同じ悲しみを語り合って、慰め合いたいと思い、こうして厚かましくもおうかがいしたような次第であります」

すると、屏風が少し開いた。そして、女の声がきこえた。

「久しぶりでお目にかかるものでございます。さんざんひどい目にあわされたものの仕返しがどんなものか、思い知らせて差し上げましょう」

正太郎は、びっくりした。そして、よく見ると女は、彼が故郷に捨てて来た妻の磯良だったのである。顔色はあくまで青ざめ、どんよりとした目が不気味だった。女は、青白くやせこけた手で、正太郎を指さした。正太郎は、思わず「ああっ！」と悲鳴をあげるや否や、その場に倒れて、気を失ったのである。

●夜毎の怨霊

暫くして、正太郎は息を吹き返した。細く目をあけて見ると、家だと思ったのは、以前からそこにあった墓地の中の念仏堂で、黒ずんだ仏像が一体、立っているだけであった。正太郎は、遠くからきこえて来る犬の鳴き声をたよりに、走るようにして家へ帰り着いた。そして彦六に、ことの一部始終を話した。話をきいた彦六は、こう答えた。

「なに、たぶん狐にでもだまされたのでしょう。何かにおびえているときには、迷わし神が憑きやすいものです。あなたは元来がひよわな質ですから、いつまでも悲しみ嘆いているのは体にも毒です。神仏に祈って心を鎮めるのがよいと思います。ちょうど、刀田（兵庫県加古川市）というところに有難い祈禱師がいます。そこへ行って身を清めてもらい、魔除けのお守り札などもらっておいでなさい」

そして彦六は、正太郎を祈禱師のところへ連れて行き、事の次第を詳しく話して、占ってもらった。祈禱師は暫く占ってから、答えた。

「災厄はすでに、あなたの身に切迫しており、これは容易ならざることです。先に女の命を奪ったのもこの怨霊ですが、それだけではまだ怨みが尽きず、今度はあなたの命を狙っており、そのあなたの命も今夜か明日かというところまで切迫しています。この怨霊が世を去ったのは七日前のことですから、今日より四十二日の間、固く戸を締めて、謹慎して下さい。私の戒めを守れば、九死に一生を得ることが出来るかも知れません。一時たりともこの戒めを破ったならば、まず、死を逃れることは出来ませんぞ」

そういうと祈禱師は筆をとって、正太郎の背中から手足の先に至るまで、一面に篆籀のような文字を書きつけた。それから、朱書したお守り札を正太郎に与えて、こうつけ加えた。

「この、まじない札を家じゅうの戸口という戸口に貼りつけて、神仏に祈りなさい。決して戒めを破り、身を亡ぼすようなことのないように」

正太郎はすっかり震え上がってしまった。しかし、これで助かるかも知れないと喜んで、家へ帰るとお守り札を門口や窓に貼りつけ、教えられた通り謹慎生活に入ったのである。

その夜、十二時を過ぎたころ、おそろしい声がきこえた。

「ええい憎らしい。こんなところに護符など貼りつけおって」

それから、急に静かになったが、正太郎はおそろしさの余り、長い夜を震えながら過ごした。夜が明けると、ほっと生き返った思いで、すぐに壁をたたいて隣の部屋の彦六に合図し、壁越しに昨夜の出来事を話した。彦六も、ようやく、祈禱師の予言が的中したことを不思議に思い、その夜は自分も夜通し起きて、十二時が過ぎるのを待ったのである。

松に吹く風が、すべての物を吹き倒すのではないかと思われるほど、激しく吹きつのり、更に雨も加わって、天変地異でも起こりそうな夜であった。正太郎と彦六は、壁を隔てて互いに声をかけ、慰め合った。そして、やがて午前二時近くなったとき、正太郎の部屋の障子に、さっと赤い光がさしたかと思うと、あのおそろしい声がきこえた。

「ええい、憎らしい。ここにも貼りつけおって」

正太郎は、体じゅうの総毛がよだち、その場に倒れて、気を失ってしまった。やがて夜があけると、正太郎は壁越しに昨夜のおそろしさを彦六に語り、また夜になると、震えながら夜明けを待つのであるが、そのようにして過ごした数十日間は、正太郎にとって、千年以上の長いながい月日に思われたのである。怨霊は怨霊で、夜になると必ずあらわれて家のまわりをめぐり、あのおそろしい叫び声を上げるのだった。そしてその声は、夜毎に凄(すさま)じくなっていったのである。

●最後の一夜

こうして、ようやく四十二日目という、最後の夜になった。いよいよこれで謹慎も終りだというので、正太郎はとりわけ緊張して一夜を過ごし、やがて午前四時を過ぎて、夜明けの空が白々と明るくなりはじめた。正太郎は、長いながい悪夢からさめたような気がした。そして、壁越しに彦六(ひころく)に声をかけると、向うも壁際にすり寄って来て、「どうしました」とたずねた。

「おもい物忌(ものいみ)も、これで終わりました」

と正太郎はいった。

「ずいぶん長い間、あなたの顔も見ておりません。久しぶりにお顔も見たいし、この一月余りの辛さやおそろしさを思う存分話し合って、慰(なぐさ)め合いたいものです。起きて下さい。わたしも表へ出て行きますから」

彦六は、用心深い男ではなかったから、正太郎の声をきくと、すぐにこう答えた。

「夜が明けたのなら、もう大丈夫でしょう。さあ、こちらへお出(い)でなさい」

しかし、そういって彦六が戸を半分まであけるかあけぬうちに、隣の軒のあたりで、「ああっ!」という悲鳴が耳をつんざき、彼は思わず尻餅をついた。これは、正太郎の身に何か起こったに違いない。そう思って彦六は、斧をひっさげて大通りへ出て見た。すると、正太郎がすでに明けたと思ったらしい夜は、実はまだ暗くて、おぼろ月が中天(ちゅうてん)にかかり、夜風は冷たかったのである。

ところで正太郎の家は、と見ると、戸は開かれたままであるが、肝心の正太郎の姿が見えない。家の中へ逃げ込んだのか、と駈(か)け込んで見たが、やはり見えない。もともと隠れ場所のあるような広い家ではないので、それでは道端にでも倒れたのだろうかと、今度はそちらを探してみたが、影も形もなかった。

いったいどうなったのだろう? と彦六は怪しんだ。そして、おそるおそる灯(ひ)をかかげ、悲鳴がきこえたあたりを見まわしていると、あけ放された戸の脇の壁から、生なましい血が地面に流れ落ちていたのである。しかし、死体もなければ、骨も見当たらなかった。ただ、月明りをたよりになおも目で探すと、軒の端に何かがひっかかっているのが見えた。彦六が灯を高くさし上げて照らしてみると、それは男の髻だった。そして、その他には何一つ残っていなかったのである。その陰惨さは、とても言葉では表現出来ないと思う。彦六は、夜が明けてから近くの山野を探してみた。しかし、やはり何も見つからなかった。

このことを知らされた井沢家のものは、香央の方へも知らせた。世の人々はこの話をきき、祈禱師の予言が的中したことといい、御釜祓に出た凶兆が間違っていなかったことといい、何とも不思議でおそろしい力だと、ながく語り伝えたのである。

蛇性の婬

じゃせいのいん

●雨やどりの女

昔、紀伊の国三輪が崎（和歌山県新宮市）に、大宅の竹助という人が住んでいた。この人は漁業で大いに成功して、大勢の漁師をかかえ、大魚から小魚まで広く手がけて、豊かな暮しをしていた。子供は、息子二人に娘一人だった。長男の太郎は素朴な人間で、家業に精を出していた。二番目の娘は、大和（奈良県）の人のところへ嫁に行っていた。三番目の息子は、豊雄といった。彼は、生まれつきおとなしい性格で、ふだんから風流を好み、漁業はもちろん、現実というものにまったく関心を示さなかった。

父親にはそれが心配だった。あの子には財産を分けてやっても、どうせすぐに他人に取られてしまうだろう。かといって、他家へ養子にやったとしても、結局は先方から苦情が出て、面倒なことになるに違いない。だからあの子には、とにかくしたいことをさせておく他はあるまい。学者になりたければそれもいいだろうし、僧侶になりたければそれもよかろう。結局あの子は、一生太郎の厄介者という形にして置く他はあるまい。父親は、そう考えて、敢てやかましくは言わなかったのである。

豊雄は、新宮の神官安倍の弓麿のところへ、勉強に通っていた。九月下旬の、ある日のことである。その日の海は波一つなく、風も凪いで穏やかであったが、とつぜん東南の空に雲があらわれたと思うと、小雨がしとしと降りはじめた。豊雄は先生のところで雨傘を借りて帰途についた。そして、阿須賀神社の本殿が見えるあたりまで来ると、雨がかなり激しくなった。彼は、ちょうどそこにあった漁師の家へ立ち寄って雨やどりをすることにした。

「これは、これは」

とその家の老人が出て来て、豊雄に挨拶した。

「どなたかと思いましたら、旦那様のところの若様でございますか。こんなむさ苦しいところへお出で下さるとは、大そう恐縮なことでございます。これをお敷き致しましょう」

老人はそう言って、薄汚れた円座の埃を払って、豊雄にすすめた。

「ほんの暫く休むだけだから、何だって構わないよ。本当に気を使わないでおくれ」

と豊雄は、円座に腰をおろし、雨の止むのを待つことにしたのであるが、やがて、表の方で、「この軒先を暫くお貸し下さい」という美しい女の声がきこえ、誰かが中へ入って来る様子である。誰だろう、と豊雄が入口の方を見ると、年のころは二十歳前だろうか、顔だちといい髪形といい、実に美しい女性が、召使らしい十四、五歳の可愛らしい少女に包みを持たせて、こちらを向いているのだった。遠山ずりの色鮮やかな着物は、雨でぐっしょり濡れて、いかにも困り切った様子であったが、豊雄に気づくと顔をさっと赤らめたのである。

その恥ずかしそうな様子に何ともいえない気品があって、豊雄は思わず、どきりとした。そして、この女性は都から熊野詣でをしたついでに、海を見物にやって来たのに違いないと思った。この近くにこんな美しい人が住んでいたとすれば、当然、噂くらいはきいていなければならないはずだからである。ただ、そうだとすれば下男をお供に連れていないのは、ずいぶん不用心なことだ。豊雄は、そんなことを考えながら、自分の体を少しずらして席をあけ、女の方へ声をかけた。

「こちらへお入り下さい。雨もやがて止むでしょうから」

「では、暫くお邪魔させていただきます」

そういって女性は入って来たが、なにしろ狭い家の中である。並んで腰をおろした女は、近くで見ると一層美しく、とてもこの世のものとも思われない。豊雄は、ただもう、ぼうっとなってしまい、身も心も宙に浮き上がるような夢心地で、女に話しかけたのである。

「都にお住いの高貴な御身分の方とお見受け致しますが、この度は熊野詣ででございますか。あるいは峯の湯へでも湯治にお出でになられたのでしょうか、こんな殺風景な海岸を見物なされても、お気に召すようなものはございますまい。もっともこの土地は、昔の歌人が、

　くるしくもふりくる雨か三輪が崎

　　佐野のわたりに家もあらなくに

と詠んだところでして、実際、今日のこの風情にはぴったりというところではあります。この家はむさくるしくはございますが、わたしの父親が面倒を見ている男の家です。どうぞ、ごゆっくり雨やどりをなさって下さい。ところで、いったいどちらへお宿を取っておいでなのですか。お送り申し上げるのは却って失礼と存じますので、どうぞこの傘をお持ちになって下さい」

「これはまた、まことにご親切なお言葉で、大変嬉しゅう存じます」

と女は答えた。

「あなた様の、その温かいお情けで、雨に濡れました衣を干して参りましょう。わたくしは都のものではございません。この近くに永年住んで参りましたが、今日の吉日を選んで那智(なち)へお詣(まい)り致しましたところ、にわかに雨に降り出されておそろしくなり、あなた様が雨やどりされているとも知らず、ただもうおそろしい一心でこの家の軒先をお借りしたようなわけでございました。家はここから遠くではありませんので、小(こ)止(や)みになるのを待って出かけることに致しましょう」

「そうおっしゃらずに、この傘をお持ち下さい」

と、豊雄は言った。

「ついでの折にでもいただきに上がりますから。それに、雨は一向に小止みになったとも思われません。それで、お住いはどちらでございますか。わたしどもの方から使いのものをいただきに上がらせます」

「新宮(しんぐう)のあたりで、県(あがた)の真女児(まなご)の家はどこか、とおたずね下さいませ。そろそろ日も暮れそうでございます。それではご親切に甘えさせていただきましょう」

そういって女は、傘をさして帰って行った。豊雄はそのうしろ姿を見送ってから、雨やどりした家の主の簑笠(みのかさ)を借りて帰ったのであるが、家に帰り着いてからも、真女児の姿がどうしても忘れられない。彼は夜通し思い続けた。そして、ついに明け方になり、うとうとっとまどろんだかと思うと、夢の中で真女児の家を訪ねていたのである。

●夢心地のもてなし

訪ねて見ると真女児(まなご)の家は、門も家も大そう大きな構えで、窓には蔀(しとみ)をおろし、簾(すだれ)を深く垂らして、まことに奥ゆかしい住(すま)いであった。豊雄(とよお)は真女児に迎えられた。さあ、こちらへ「あなたのお情けが忘れられず、お出(い)でを待ちこがれておりました。さあ、こちらへお入り下さいませ」

そういって真女児は、豊雄を奥の方へ案内し、酒肴(しゅこう)の数々をすすめてもてなしたのである。豊雄は、うっとりと酔心地であった。そして、ついにそのまま真女児と枕をともにしたところで、夢はさめたのである。これがもし現実であったら、どんなに幸せなことだろう、と夢からさめた豊雄は思った。そして、そう思うと、もうとてもじっとしてはいられなくなった。彼は朝食をとることさえ忘れて、ふらりと家を出て行ったのである。

豊雄は新宮(しんぐう)のあたりで、県(あがた)の真女児の家をたずねた。何人かの人にたずねてみたが、誰も知らないということだった。それでも彼は、昼過ぎまでたずねまわった。すると、昨日のお供の少女が、東の方から歩いて来たのである。豊雄は大喜びで、少女に声をかけた。

「お宅はどちらなのでしょうか。傘をいただきにお訪ねしたのですけど」

言われて少女は、にっこり笑った。

「これは、よくいらっしゃいました。さあ、こちらでございます」

そして先に立って歩きはじめたが、幾らも行かぬうちに、「こちらでございます」という。見ると、高い門構えのある大きな家で、窓には蔀がおろされ、簾が垂れていて、夢の中で見た家にそっくりであった。豊雄は、何ともいえない不思議な気持で門をくぐった。

「傘を貸して下さったお方を、ご案内して参りました」

と、先に駈け込んで行った少女が、家の中へ声をかけた。すると、中から答える声がきこえた。

「どこにおいでなのです。こちらへお通し申し上げなさい」

そういって豊雄の前にあらわれたのは、まさしく真女児だったのである。

「実は、この新宮に安倍先生という方がおられまして、わたしがずっと学問を教わっております先生なのです。そこをお訪ねするついでがありましたので、傘をいただいて帰ろうと思いまして、無躾にもおうかがい致したような次第でありますが、これでお住いもわかりましたので、またあらためてお訪ね致します」

と豊雄はいった。しかし真女児は、豊雄を引き止めるよう、少女に申しつけた。

「まろや、決してお帰ししてはなりませんよ」

真女児に命ぜられた少女は、豊雄の前に立ちふさがった。

「あなた様は昨日、わたくしどもに無理に傘をお貸し下さったではございませんか。そのお返しに、今日は無理にでもお引き止め申し上げるのでございます」

そう言ったかと思うと、少女は豊雄の腰を押すようにして、とうとう表座敷に上げてしまったのである。板敷きの部屋には、客用の畳が敷かれていた。また、衝立や棚などの調度類や壁飾りの絵など、どれもみな由緒ある立派なものばかりで、とても並みの人間の住いではない。おどろいている豊雄に向かって、真女児はいった。

「訳あって主人のいない家となってしまいましたので、充分なおもてなしも出来ませんが、せめてお酒だけでも一献差し上げたく存じます」

高坏や平坏など、美しい器には山海の珍味が盛られており、少女のまろやが恭しく酌をして、豊雄に酒をすすめた。豊雄は、昨夜と同じ夢を、また見ているような気がした。そして、いまにも夢からさめるのではないかと思ったのであるが、どうやら夢ではないらしい。それが却って、不思議でならなかったのである。

●愛の告白

やがて、豊雄も真女児も、うっとりと酔心地になった。女は、盃を手にして、豊雄の顔を見つめた。ほんのりと桜色に頬を染めた女は、そよ吹く春風を軽く受け流すような媚をつくり、梢から梢へとさえずりまわる鶯のような声で、こんなことを言い出した。

「胸のうちの思いを、恥ずかしいことだと打ち明けないまま、こがれ死にしてしまったならば、あの女は神のたたりで死んだのだということになって、何も知らない神様にまで無実の罪をおきせすることになってしまいますので、思い切って申し上げることに致します。決して一時の浮気心から出た言葉などと、おきき下さいますな。わたくしは、もともと都の生れでございましたが、幼いときに父母に先立たれ、乳母の許で育ちまして、その後、この国の国守の下役、県の何某というものの妻に迎えられ、夫と共にこの国に下って参りましてから、はや三年になりますけれども、夫は、まだ任期の終わらないこの春、ふとした病気がもとで亡くなってしまい、わたくしは頼るものとてもない身の上となったのでございます。都の乳母も尼になりまして、行方定めぬ修行の旅に出たという噂をきいておりますので、いまでは、生まれ故郷の都もまた、知らぬ他国同然となってしまいました。このようなわたくしの身の上を、どうぞ哀れみ下さいませ。昨日の雨やどりの折、あなた様のお情け深さに接して、誠実なお方とお見受け致し、これからのちのわたくしの生涯を捧げて、あなた様のおそばにお仕え申し上げたいと願っております。こんなわたくしを、汚らわしい女だとお見捨てにならないお気持がおありでしたら、この一杯の酒を、末長い夫婦の契りのはじまりと致したく存じます」

豊雄は、すぐに返事することが出来なかった。もちろん彼は、こうなることを夢にさえ見て、気も狂わんばかりに、真女児に恋いこがれていたのであるから、塒の鳥が飛び立つばかりの喜びようであった。しかし、いまだに親がかりで、自由のきかない自分の身の上を振り返ってみると、親や兄の許しも得ずに真女児と夫婦になることなど、到底考えられなかった。嬉しさと同時に、おそろしさが募って来て、どうしてよいやらわからなくなってしまったのである。

真女児は、そんな豊雄の様子を、大変悲しがった。

「浅はかな女心から、つい愚かなことを口にしてしまいました。今更、取り返しのつかないのが、何ともお恥ずかしゅうございます。こんな、天涯孤独の、浅ましい身の上になっていながら、海へ身を投げもせず、その上あなた様のお心を煩わせまでするとは、何と罪深いわたくしでございましょうか。いま申し上げました言葉は、決して嘘偽りではございませんけれども、お酒に酔った女がつい口をすべらせた冗談だとおぼしめして、どうぞ、海へでもお捨て下さいませ」

「はじめてお会いしたときから、都の身分あるお方とお見受け申し上げておりましたが、やはりその通りのお方でした。鯨が寄って来るような、こんな片田舎の浜辺育ちのわたしにとって、あなたのようなお方から、いまのような嬉しいお言葉をきくことなど、またとあるものではございません。にもかかわらず、すぐにお答えをしなかったのは、わたしがいまだに親や兄に面倒を見てもらっている身で、自分の物といえば、この爪と髪の毛の他には何一つないからであります。いったい何を結納にして、あなたをお迎えすればよいのか、その当てもなく、こうなってみて、自分に財産のないことが悔やまれてなりません。それでも、そんなわたしをご承知の上で、あなたが万事、貧乏に耐える覚悟をして下さるならば、どんなことをしてでも、きっとあなたを妻として、お力になりたく思います。『孔子のような聖人さえ恋の山にはつまずき倒れる』の諺通り、わたしも恋のためには、親孝行も忘れましょう、わが身の無力も忘れてしまいましょう……」

豊雄がそう言うと、真女児は答えた。

「あなた様の嬉しいお心のうちをおきき致しまして、本当に幸せでございます。この上は、わたくしどもも貧乏暮しではございますが、どうか夫として、とき折はお通い下さいませ。ここに、亡き夫がこの上ない宝として大切に致しておりました太刀(たち)がございます。どうぞこれを腰におつけ下さいませ」

そういって真女児は一振りの太刀を差し出したのであるが、見ると、金銀で美しく飾られ、おどろくばかりに仕上げられた古代の名刀であった。その、余りの立派さに豊雄は一瞬ためらいをおぼえた。しかし、最初から辞退するのは縁起が悪いと思い、そのまま受け取ることにしたのである。

「今夜はここにお泊まり下さい」

と真女児は、豊雄を帰すまいとした。しかし、豊雄はそれを振り切った。

「まだ、無断で外泊することは許されておりません。明日の晩、何か口実を作って、必ずまた参りますから」

そういって帰るには帰って来たのであるが、ついにその夜も、また明け方まで眠ることが出来なかったのである。

●不審な宝物

反対に、兄の太郎は、漁師を集めて仕事につかせるため、朝早くから起き出した。そして、通りがかりに豊雄の部屋を何気なくのぞくと、燃え残った燈火の光を受けて、きらきら光る立派な太刀が枕許に置かれているのが見えた。おかしいぞ、どこで手に入れたのだろう。不審に思った太郎は、勢いよく部屋の戸をあけた。すると豊雄が目をさまし、兄が立っているのを見て、「お呼びですか」という。太郎は弟に、きつくたずねた。

「その枕許に置いてある、きらきらした物はいったい何だ。こんな贅沢な物は、漁師の家には無関係だ。父上が見つけられたら、大変だぞ」

「これは、お金を出して買ったものではありません。昨日、ある人にもらって、ここに置いてあるだけです」

と、豊雄は答えた。

「こんな高価な宝物をお前にくれるような人が、いったいこの辺りに住んでいるとでもいうのか。ふだんからお前は、こむずかしい漢字の書物など買い集めているが、あれだって、実は大変な無駄使いだと思っているのだ。ただ、それについては父上も黙っておられるから、いままでそのことには何も言わなかっただけだ。いったい、その太刀を腰につけて、新宮（しんぐう）の祭りの行列に加わって、しゃなりしゃなりと練り歩こうとでもいうのか。物狂いも、いい加減にしろ」

と、太郎の声はつい大きくなった。そして、それをききつけた父親の声がきこえた。

「うちのごくつぶしが、何かしでかしたのか。太郎、豊雄をここに連れて来なさい」

「まるで将軍の持物みたいな、きらきら光る太刀を買い込んだようです。そばへ呼びつけて、よく問いただしてみて下さい。私は、漁師たちを監督せねばなりませんから」

そういうと太郎は出て行ってしまった。母親は豊雄を呼んで、こう言いきかせた。

「いったいそんなものを、何のために買ったのですか、一粒の米、一銭の金も、家のものはすべて太郎のものなのです。お前のものなど何一つないのですよ。ふだんは、お前のしたいようにさせて来たけれども、こんなことで太郎に憎まれてしまったら、この広い世の中に、お前のいる場所などどこにもなくなってしまうではありませんか。聖賢（せいけん）の書物を勉強している者が、どうしてそんなことがわからないのですか」

「本当に、買ったものではありません。ある事情で人からもらったものを、兄上が勝手にそうおっしゃっているのです」

と豊雄は言い訳した。しかし、父親は納得しなかった。

「では、いったいお前に、どんな手柄があって、そんな宝物をもらったというのだ。まったく見当もつかぬことだ。さあ、この場でその訳を話してみろ」

「それは、いまここで自分の口からは申し上げにくいことです。どなたか人を介（かい）して、申し上げたいと思います」

この豊雄の返事が、父親をますます怒らせてしまった。親にも兄にも言えぬことを、いったいどこの誰に話すつもりなのだ、というのである。そこへ、兄嫁が割って入った。

「そこの事情は、ふつつかながら、このわたくしがおきき致しましょう。さあ、こちらへおいでなさい」

そう言って兄嫁はその場をとりなし、豊雄を連れて別の部屋に入った。豊雄は、兄嫁に事情を打ち明けた。

「兄上から見とがめられます前に、内々に嫂上（あねうえ）にご相談致し、力になっていただこうと思っていたのでした。それが、その前に見つかって叱られてしまいましたが、実は、こういう人物の妻だった方で、いまは夫に先立たれてよるべない身の上となっている女性が、結婚して欲しいと申し込まれ、その気持としてこれを是非とも受け取って欲しいと言われて、受け取った太刀なのです。まだ、一人立ちも出来ない脛（すね）かじりの分際で、親や兄のお許しも得ずに夫婦の約束などしたことは、勘当されても仕方のないくらい重い罪だと、いまでは後悔しているのですが、どうかこの無力なわたしの気持を、お察し下さい」

豊雄の話をきいた兄嫁は、微笑を浮かべ、こう言って義弟を慰めた。

「あなたが独身でいらっしゃることは、かねがね、お気の毒だと思っていたのですが、なかなかいい話ではありませんか。ふつつかなわたくしではございますが、何とかうまくお話ししてみましょう」

●盗みの疑い

早速その晩、兄嫁は夫にその話をした。そして父親の方にも何とかうまく取りなしてくれるようにと頼んだのであるが、妻の話をきいた太郎は、「それは、おかしいぞ」と眉をひそめた。この国の国守の下役に、県の何某などという人物がいたことなど、きいたことがないというのである。

「この大宅の家は、里長なのであるから、そういう人が亡くなられれば、必ず耳に入るはずだ。とにかくその太刀をここへ持って来てくれ」

妻が持って来た太刀を、太郎はつくづく眺めていたが、やがて、大きな溜息をつきながら、言った。

「これは大変なことになってしまった。少し前のことだが、都のさる大臣殿が御祈願成就のお礼にと、権現様にたくさんの宝物を御奉納なされた。ところが、その宝物が御宝蔵の中からとつぜん紛失したので、その旨を権現様の大宮司が国守に訴え出られたのだ。それで、国守はこの盗賊をつかまえるために、次官の文室の広之を大宮司の屋敷につかわされ、目下その詮議の最中だというが、どう見てもこの太刀は、下役などのものではない。これは父上にもお見せしなければ」

太郎はすぐに父親のところへ太刀を持って行くと、これしかじかのおそろしい話があるけれども、どうすべきであるかを相談した。父親は、まっ青になって、言った。

「何という情けないことになったものだ。あの子はいままで、他人の物は毛一筋も盗むようなことはしなかったのに、何の因果でこんな悪い心を起こしたのだろうか。もしこのことが、人様の口から出たとしたら、この家は断絶になってしまうだろう。ご先祖様のため、そしてまた子孫代々のため、不孝ものの子を一人犠牲にするのはやむを得まい。明日、こちらから訴え出るのだ」

太郎は夜の明けるのを待って、父親のいいつけ通り、大宮司の屋敷へ出かけた。そして事の次第を申し出て、例の太刀を見せると、大宮司はおどろいて、「これこそ、大臣殿が献納されたものに間違いありません」という。次官の広之は、直ちに犯人を召し取って来るよう、部下に命令した。

十人程の武士が、太郎を先に立てて、豊雄(とよお)を召し取りに向かった。そして、そんなこととは露(つゆ)知らず、家で読書中の豊雄を召し取った。

「何の罪でしょうか」

と豊雄はたずねたが、武士たちは有無をいわさず、彼を縛り上げてしまった。父母、太郎夫妻も、いまはただ「浅ましい限りだ」と嘆き悲しむばかりであった。武士たちは「さあ、お上(かみ)のお召しだ」「さっさと歩け」と豊雄を引っ立て、両脇から取り囲むようにして国司(こくし)の屋敷へ連行したのである。

「神の宝を盗み取るとは、前例のない大罪である。それで、他の財宝はどこへ隠したのか、すべて白状しろ」

そう言って次官は、豊雄をにらみつけた。ようやく事の真相を知った豊雄は、涙を流しながら答えた。

「わたしは決して盗みを致したのではありません。実は、こういう訳がございまして、県の何某の妻が、前夫の持物だと言って、わたしにくれたのです。その女をここに呼び出されれば、わたしの無罪はわかっていただけるはずです」

しかし、豊雄の返答は、次官をますます怒らせてしまった。

「自分の下役に、県などと名乗るものは一人もいたことはない。この上さらに嘘をつくとは、ますます罪は重くなるぞ」

「こうして捕らわれておりますのに、どうしていまさら嘘を申し上げましょうか。何とぞ、あの女を呼び出して、おたずね下さい」

と豊雄は、もう一度頼んだ。次官は、武士たちに命令した。

「よし、この男を引っ立てて県の真女児(まなご)とかいう女の家へ行き、その女を捕らえて来い」

●消えた妖怪

命令された武士たちは、豊雄(とよお)を道案内にして、その場所へと向かった。しかし、着いて見ると、いかめしい造りの門柱はぼろぼろになっており、軒の瓦もほとんどが砕けて忍ぶ草が垂れさがり、とても人が住んでいるとは思われない。豊雄は、ただただ呆然とするばかりだった。武士たちは駈(か)けまわって、近所のものたちを集め、県(あがた)の何(なに)某(がし)の妻というものがここに住んでいるかどうかをたずねた。鍛冶屋(かじや)の老人が進み出て、答えた。

「そういう人の名は、まったくきいたこともございません。この家は三年程前まで、村主（すぐり）の何某という人が、大勢の使用人を置いて豪勢に暮らしておりましたけれども、九州に商品を積み込んで船出したままその船が行方不明になってしまい、それからあとは、家に残っていた人々も散り散りになってしまって、それ以来、絶えて人の住んだことはございません。ところが、この若い男が昨日この家に入って行き、暫（しばら）くして帰って行ったそうです。それを見ていた塗り物師の老人が、おかしなことだな、と思ったと言っておりました」

とにかく中を確かめようと、武士たちは門を押し開いて中へ入った。邸内は、外よりもいっそう荒れ果てていた。前庭の植込みは広々としているのであるが、池の水は涸（か）れて水草もすっかり枯れ、雑草が茂り放題に茂っている間に、風に吹き倒された松の大木が横倒しになっているという物凄さである。

表座敷の格子戸（こうしど）を開くと、なまぐさい風がさっと吹いて来て、一同は思わずあとずさりした。豊雄は、ただもうおどろくばかりで、声も出ない。巨勢（こせ）の熊檮（くまがし）という豪傑が、武士たちに号令をかけて先頭に立ち、板の間を荒々しく踏み鳴らして進んで行った。すると、塵（ちり）が一寸程も積もり、あたり一面、鼠の糞だらけの部屋の中に、古い衝立（ついたて）が立てられていて、そこに花のような美人が一人、坐（すわ）っているのが見えたのである。

熊檮は、女に向かって声をかけた。

「国守のお召しであるぞ。すぐ参れ」

しかし、女は答えようともしない。熊檮は近づいて女を捕らえようとした。すると、とつぜん、地も裂けるかと思われるばかりの雷鳴が轟き、武士たちは全員その場に倒れた。そして気がつくと、女はどこへ消え失せたのか、影も形もなかったのである。

やがて、床の上に、何かきらきら光る物があるのに気づいた。武士たちが、おそるおそる近づいて見ると、それは、高麗錦、呉の綾、倭文織、縑、楯、矛、その他、すべて盗まれた神社の宝物なのであった。武士たちはそれを持ち帰ると、自分たちが体験した不思議な出来事を詳しく報告した。次官も大宮司も、妖怪の仕業であったことを知り、豊雄の取調べに手心を加えた。しかし、盗品を所持していた罪だけは免れようもない。

豊雄は牢につながれてしまった。父親と兄は、多くの金品を国守に贈って、豊雄の減刑を嘆願した。それで豊雄は、百日ばかりで牢から出されることになったのであるが、これでは恥ずかしくて世間に顔向けも出来ないので、大和に嫁いでいる姉のところへ暫く身を寄せたいという。それもよかろう、ということで両親も豊雄の願いを叶えることにした。そして、供のものをつけて、豊雄を大和へ旅立たせたのである。

●真女児の哀願

豊雄の姉の嫁ぎ先は、石榴市（奈良県桜井市）という町の田辺金忠という商人だった。姉夫婦は、豊雄をやさしく迎え、「いつまでもここにいなさい」と、豊雄の受けた災難をいたわってくれた。年があらたまって、二月になった。石榴市は初瀬寺に近い町である。春になると、霊験あらたかな初瀬の観音様に参詣する人々が、都からも田舎からも集まって来るので、町にはそういった旅人を泊める旅籠が軒を並べていた。田辺の家も春は忙しかった。御燈明用の蠟燭や燈心の類を商っていたので、店内は初瀬寺詣での客でいっぱいになった。ある日、そこへ、都からのお忍びらしい大変美しい女性が、薫香を買いに立ち寄った。女性は、一人の侍女を伴っていたが、この侍女が豊雄の姿を見るなり、とつぜん声をあげた。

「旦那様が、ここにいらっしゃいます」

豊雄がおどろいて声の方を見ると、それはあの、真女児とまろやだったのである。豊雄はあわてて、奥へ逃げ込んだ。何事だろう、とたずねる金忠夫婦に、豊雄は、あの妖怪がここまで追って来たのだ、と答えた。しかし、どこにも妖怪らしい姿は見えない。そこへ真女児が入って来た。

「皆様、どうかわたくしを怪しまないで下さいませ。旦那様も、どうぞこわがらないで下さいませ」

と、入って来た真女児は言った。

「わたくしの至らなさから、旦那様を罪に堕としてしまいましたことが悲しくて、何とかお探し申し上げ、事情をお話しして、お許しをいただきたいと思い、あちこちおたずね致しておりましたが、その甲斐あって、いまこうしてお目にかかれて、本当に嬉しゅう存じます。この家のご主人様にも、よくきいていただきとう存じます。わたくしが、もし妖怪などでございましたら、こんな人出の多い場所に、しかもこのような昼日中に、どうして現れますでしょうか。わたくしの着ている物には、ちゃんと縫い目がございます。陽に向かえば、ちゃんと影も出来ます。これ程はっきりした証拠はございますまい。そこのところをよくご判断下さいまして、どうか、お疑いを解いて下さいませ」

豊雄は、やっと少しばかり落ち着きを取り戻したが、疑いが解けたわけではなかった。

「しかしお前は、わたしが捕らえられて、武士たちと一緒にお前の屋敷に行って見ると、前日とは打って変わってひどく荒れ果てた、まさに妖怪が住みそうな家に、一人で住んでおったではないか」

と豊雄は言った。

「そればかりではない。人々がお前を捕らえようとすると、突如、晴天に雷鳴を轟かせ、かき消すようにお前は姿をくらませたではないか。わたしはこの目で、お前の正体をはっきり見ているのだぞ。にもかかわらず、さらにわたしを追って来て、いったい何をしようというのだ。さっさとここを立ち去ってくれ」

これをきいて、真女児は涙を流しながら、答えた。

「あなたがそうお考えになるのは、まことにもっともではございますが、わたくしの申し上げることも、いま少しおきき下さい。あなたが役所へ召し出だされたとききましたあと、ふだんからあれこれ物を施していた隣家の老人に手伝わせて、大急ぎで、あの屋敷を荒れ果てた野中の家のようにこしらえ変えさせたのです。また、武士たちがわたくしを捕らえようとしたとき、雷のような音を響かせたのは、まろやの計略でございました。その後わたくしどもは、舟で大阪の方へ逃れましたが、あなた様のその後の消息が知りたくて、この初瀬の観音様に御願をかけましたところ、古歌にもあります古河野辺の二本杉のご霊験で、こうしてあなた様と再会出来ましたことは、ひとえに御仏の大慈大悲によるものでございます。それからあの数々の宝物でございますが、あれ程のものを、女のわたくしがどうして盗み出せるものでございましょうか。

前夫が、悪心から致したことなのでございます。このあたりの道理を、よくご判断下さいまして、あなた様をお慕い致すわたくしの気持を、幾分なりともお汲み取り下さいませ」

そう言い終わると真女児は、さめざめと泣くのだった。豊雄は、半分疑いながらも、半分は憐れむ気持になって、これ以上何を言ってよいのか、わからなくなった。金忠夫婦は、真女児の言い分には筋が通っている、と思った。それに、真女児のいかにも女らしい可憐さを見て、すっかり疑いを解いてしまった。

「豊雄の話では、世にもおそろしいことだと思っておりましたが、考えてみれば、いまどきそんな奇怪なことが起こるはずもありますまい。はるばると、当てもなく訪ね歩かれたご心情には、心からご同情申し上げます。豊雄が承知しなくとも、わたくしどもがあなたをお泊め致しますから」

と金忠夫婦は、真女児を奥の間に泊めることにしたのである。真女児は、そこで一日、二日と暮らすうちに、すっかり金忠夫婦の気持に取り入ってしまった。そして、ひたすら夫婦に取りすがって、豊雄の疑いが解けるようにと訴え、哀願した。それで、金忠夫婦はとうとうその心根(こころね)にほだされてしまい、豊雄を説き伏せて、ついに二人を結婚させたのである。

●花見の怪事

日が経つにつれて、豊雄の心のわだかまりも、ようやく解けはじめた。何といっても、もともと真女児の美しさに惚れていたのである。千年も万年も、この女と一緒にいたい、と豊雄は思った。そして、毎夜、大和の高間山にかかった雲が雨を降らせるように、二人は雲となり雨となって睦まじく交わり、暁を告げる初瀬寺の鐘をきくころ、ようやく眠りについたのである。こんなことなら、もっと早く再会すればよかった、といまはただそれだけが残念でならなかったのである。

三月になった。ある日、金忠は豊雄たちを花見に誘った。

「都のあたりとは比べものにならないと思うが、それでも紀州には負けないでしょう。名高い吉野は、春が一番です。三船の山、菜摘川は一年じゅういいところですが、一番いいのは、やはり春でしょう」

真女児は、この誘いを、はじめは上手に断った。自分は幼い時分から人の大勢いる場所へ出たり、長く歩いたりするとのぼせてしまう質である。だから、吉野の土産をたのしみに留守番をさせて欲しい。そういって辞退したのであったが、金忠夫婦の熱心さに負けて、一緒に出かけることになったのである。花見客は、皆それぞれに着飾っていた。しかし、真女児の美しさは群を抜いて見えた。

吉野には、かねてから金忠が懇意にしている寺があって、一同はその日はそこに泊まった。翌朝は、早く出かけた。はじめのうち深くたちこめていた霞も次第に晴れて来て、あちこちにある僧坊が、手に取るように見おろされた。山では鳥がさえずり、桜に混じって草花も色とりどりに咲き乱れ、目がさめるようなすがすがしさである。やがて、吉野へ初詣での人もいるのであるから、宮滝のあたりも見物した方がよいだろう、ということになり、案内人を頼んで一同は谷間の道を下って行った。宮滝というのは、昔、吉野離宮のあったところで、巨岩に砕ける激流が滝となって落ち、思わずはっとするような眺めだった。流れにさからって泳いでゆく鮎の姿も見えた。一同は、檜破子に詰めて来た弁当をひろげ、宮滝の眺めを楽しんだのである。

そこへ、岩伝いに誰かがこちらへ歩いて来た。髪は、麻糸でも束ねたように乱れているが、手足はまだまだ丈夫そうな老人で、滝のそばまで来ると、立ち止まった。そして、一同の様子を不思議そうに眺めていたが、やがて、老人に背を向けていた真女児とまろやの二人をじっと見つめてから、こうつぶやいたのである。

「どうもおかしい。この邪神めが、どうしてお前は人様をたぶらかすのだ。このわしの目の前で、よくもぬけぬけとこんなことをやっておるな」

この言葉をきくや否や、真女児とまろやは、とつぜん躍りあがり、あっという間に激流めがけて飛び込んだかと思うと、激流が水柱のように空中に湧きあがり、二人の姿はその中に消えて見えなくなった。すると、今度は、黒雲が墨をこぼしたように、たちまち空全体を覆い、篠(しの)つく雨が降りはじめたのである。

　老人は、あわてうろたえる一同を鎮め、自分が先に立って村里まで下った。雨はなおも降り続き、一同は一軒のあばら家の軒下に身をかがめて、生きた心地もなかった。老人は、豊雄に向かって、言った。

「つらつらお前さんの顔を見てみるに、あの邪神によって悩まされておられるようじゃ。わしが救ってやらなんだら、早晩、命まで落としてしまうだろう。今後はよくよく慎みなされ」

　豊雄は老人の前に土下座すると、額を地面にこすりつけた。そして、これまでの出来事を、一切はじめから物語り、何とぞ生命をお助け下さい、と頼んだ。

「やはり、そうであったか」

　と老人は答えた。

「お前さんに取り憑(つ)いている邪神は、年を経た蛇(おろち)なのじゃよ。その本性は淫蕩(いんとう)そのものであって、牛と交わっては麟(りん)を生み、馬と交わっては竜馬(りょうめ)を生むといわれておる。その邪神がお前さんに取り憑いたのも、やはり、お前さんの美男ぶりに情欲を起こしたためであろう。そういう執念深さであるから、充分に慎まないと、命まで落としてしまわれるぞ」

一同のものは、おそれたり、うろたえたりで、この老人は尊い生神様に違いないと、おろおろと手を合わせて拝むばかりであった。老人は笑って、自分は生神様などではなくて、大和神社の神官をしている当麻の酒人というものだ、と答えた。そして、一同の先に立って、帰りの道案内をしてくれたのである。

●新婚二日目の夜

翌日、豊雄は大和神社のある村まで出かけて行き、老人に会って礼をのべ、美濃絹三疋と筑紫綿二屯をお礼として贈った。そして、妖怪から身を守るお祓を頼んだ。老人は、豊雄からの贈り物を全部、他の神官たちに分けてやった。それから豊雄に向かって、こういってきかせた。

「あの畜生めは、お前さんの美男ぶりにひかれて、お前さんにまつわりついているのであるが、お前さんの方も、あの畜生の仮の姿に惑わされて、男としての強い精神を失っておるのじゃ。今後は、男としての真の勇気を奮い起こして、浮ついた心を抑えなさい。そうすれば、これくらいの邪神を追い払うのに、この老人の力を必要とすることもあるまい」

豊雄は、これをきいて、夢からさめたような気持になって、何度も老人に礼をのべて帰って来ると、金忠に自分の気持を話した。

「この年月、あんなものに惑わされていたのは、わたしの心が正しくなかったからです。親や兄の手伝いもせず、あなたの家に厄介になっているというのは、間違ったことでした。ご親切はまことに有難く存じますが、また参りますから」

そして、故郷の紀州へ帰ったのである。

父母も、兄の太郎夫婦も、大和でのおそろしい出来事をきくと、やはりこの災難は豊雄の罪ではなかったことをあらためて知り、豊雄を不憫に思った。同時に、妖怪の執念深さをおそれ、独身でいることが災いのもとではなかろうか、ということになって、豊雄を結婚させる相談をはじめた。そこへたまたま、仲人が、話を一つ持ちかけて来たのである。

芝の里に、芝の庄司という人があって、一人娘を都の御殿に采女として奉公に出していたが、今度お暇をもらって帰って来るので、豊雄を聟にもらえないだろうか、という。この話は、大宅家の方でも乗り気になり、順調に運んで、やがて婚約が成り立った。そこで都へ迎えのものを差し向けると、娘の富子は喜んで帰って来た。豊雄も、富子を見て、大いに満足した。さすが御殿づとめをして来ただけあって、立居振舞はもちろん、姿容も田舎の女とは違って、はなやかで、洗練されていたのである。ただ、そのために豊雄は、あの蛇の化身との恋を、ちらりと思い出してしまったのであるが、しかし、結婚初夜はとどこおりなく無事に済んだ。

二日目の夜、豊雄はほろ酔い気分になって、富子にこんな冗談口をたたいた。

「長年宮中に住みなれたあなたには、わたしのような田舎者は、ずいぶん野暮くさいものに写るでしょうね。御所にいるころは、何々の中将とか、何々の宰相とかいう方々とも枕を交わされたわけでしょう。そう思うと、何とも憎らしくてなりませんよ」

いいながら豊雄が体を寄せると、富子は伏せていた顔を、さっと上げた。

「昔からの深い仲をお忘れになって、こんな大したこともない女を可愛がられるとは、情けないことでございます。いまあなたは、わたくしが憎いとおっしゃいましたが、憎いのはあなたの方です」

きいて豊雄は、びっくりした。顔は確かに富子であったが、そういった声は、まさしく真女児の声だったのである。豊雄は、ぞっとして、身の毛がよだち、ただ呆然とするばかりであった。女は、そんな豊雄を見ながら妖し気な笑いを浮かべ、口を開いた。

「旦那様、そんなに不思議そうなお顔をなさいますな。二人の情愛は海よりも深く、山よりも高くと、堅く約束しましたことを、あなた様がもうお忘れになられたとしても、こうしてまたお会い致しますのは、二人の間に、どうしても断ち切ることの出来ない縁があるからなのでございます。それを、あなた様が、他人の言葉など真に受けて、無理にわたくしを遠ざけようとなさるならば、恨みをもって仕返しを致さねばなりません。紀州の山々がたとえどんなに高かろうとも、あなたの血を峯から谷底へ注ぎ込んでみせましょうぞ。折角のお命を、無駄になくしてしまうようなことは、なさいますな」

豊雄はもう、体じゅうをがたがた震わせるばかりだった。いまにもとり殺されるのではないかと、生きた心地もなかったのであるが、そこへ今度は、屏風のうしろから、まろやが姿をあらわしたのである。

「ご主人様、どうしてそんなにご機嫌が悪いのでございますの。こんなおめでたい御縁結びでございますのに」

豊雄は、またまた肝(きも)を潰(つぶ)し、目の前が暗くなって、うつ伏せに倒れてしまった。真女児とまろやは、なおも代わるがわる豊雄をおどしたり、すかしたりした。しかし、豊雄は夜が明けるまで、気を失ったままであった。

●巨大な白蛇

朝になって、ようやく寝室を抜け出した豊雄は、庄司のところへ行き、おそろしい事の次第を打ち明けた。そして、どうすればよいだろうと相談したが、話をしながらも、うしろで真女児がきいているのではないかと、心配で仕方がない。話をきいて庄司夫婦は、まっ青になったが、そうだ、毎年熊野詣でにやって来る一人の坊さんに頼んでみようということになった。京都の鞍馬寺の僧で、ちょうど昨日から、すぐ近くの寺に泊まっているという。

「大変有難いお坊さんで、およそ流行病とか、物の怪とか稲虫などの害まで、祈禱調伏されるというので、この里の人々は尊敬しております。このお坊さんにお願いしてみましょう」

ということで急ぎ使いが出された。暫くしてやって来た法師は、話をきくと、自信あり気にこう答えた。

「そんな蛇など、取り押さえるのは簡単なこと。どうぞ、ご安心を」

法師はまず、雄黄を持って来させて、それを水に溶かして調合し、小瓶一杯の薬水をこしらえると、それを持って真女児のいる寝室に向かった。家人たちが、どうなることかと、物陰に隠れようとすると、法師はそれを嘲笑った。

「御老人もお子達も、そのままそこで見ておいでなさい。いますぐ蛇めを捕まえてお見せしましょう」

そういって進んで行ったのであるが、部屋の戸をあけるや否や、それを待ち構えていたように、大蛇が法師におどりかかって来たのである。その蛇の頭の大きさといったら、部屋の入口いっぱいくらいに見えた。また、その色は雪よりも白く、きらきらと輝き、目は、鏡のようであり、角は枯れ木の如く、三尺余りの口を開いて、真っ赤な舌を出し、法師を一呑みにしそうな勢いであった。

「うわあーっ」

と法師は叫び声をあげた。そして、手にしていた小瓶をその場に投げ捨てたが、腰が抜けて、立ち上がることが出来ない。法師は、転げまわり、這っては倒れ、倒れては這いしながら、ようやくのことでその場を逃げ出して来ると、人々に言った。

「ああ、おそろしい。あの蛇は、ただの物の怪などではありません。祟りをなす邪神なのです。とても法師の祈禱などで調伏出来るものではありません。もし、この手足で這って逃げなかったら、間違いなく命を取られていたことでしょう」

そして、そのまま気を失ってしまった。人々は法師を助け起こしたが、顔も体も赤黒く染めたように変色しており、体じゅうがまるで焚火にでもあたっているような熱さである。蛇の毒気に当たったに違いなかった。息を吹き返してからも、動くのは目ばかりで、何かいいたそうであったが、もう声は出なかった。熱をさまそうと水をかけたりしてみたが、とうとう死んでしまった。人々はこれを見て、生きた心地もなくなり、ただ、おろおろと泣き惑うばかりであった。

●豊雄の決意

豊雄は、ようやく肚を決めた。そして、人々に向かって、言った。

「相手は、こんな有難いお坊さんでさえ調伏出来ない魔性なのですから、執念深くわたしにつきまとい、わたしがこの世に生きている限りは、必ず探し出され、つかまってしまうに違いありません。自分一人のために、人々を苦しめることは、正しい生き方ではないと思います。ですから、もうこれ以上、人様の力は借りないことにします。どうか、御安心下さい」

そう言うと、豊雄は寝室の方へ向かったので、庄司家の人々は気が変になったのではないかと、あわてて止めようとした。しかし、豊雄は、まるできこえない様子で、そのまま行ってしまった。寝室の戸をあけると、室内は静まり返って、二人の女が向かい合って坐っていた。富子の姿をした真女児と、まろやである。

「あなた様は、何の恨みで、人々とかたらってわたくしを捕らえようとなさるのですか」

と、入って来た豊雄に、女は言った。

「もしあなた様が、これからも敵意をもってわたくしにお報いになるのでしたら、あなた様のお命だけでなく、この里のすべての人々が苦しい目を見ることになります。ですから、あなた様は、へんな浮気心など起こされず、ただわたくしのあなた様への貞節だけを喜んで下さりさえすればよろしいのです」

女は、気味の悪いくらい艶めかしい媚を作って、そういったのである。しかし豊雄は、それを撥ねつけて、答えた。

「諺にもある通り、人間に虎を殺生するつもりがなくとも、虎に人間を傷つける意志があればどうしようもない。お前は、人間ならざる魔性からわたしにつきまとい、これまでに何度もわたしをひどい目にあわせてきたが、その上まだ、何かといえばすぐに、きくだにおそろしい復讐を口にするとは、まったく気味の悪いことだ。しかし、お前がわたしを慕ってくれる気持だけは、人間と少しも変わらないもので、それはわたしにもよくわかる。ただ、これ以上この家にいて、この家の人々を悲しませるのは、よくないことだ。とにかく、この家の娘である富子の命だけは助けて欲しい。その上で、わたしをどこへなりと連れて行くがよかろう」

　これをきくと、女はひどく嬉しそうにうなずいたので、豊雄は部屋を出て庄司のところへ行き、こう申し出た。

「わたしには、ご覧の通りの、浅ましい魔性がついております。これ以上ここにいて、皆様を苦しめることは、申し訳ないことです。いますぐに暇をとらせていただければ、お嬢様の命も御無事だと思います」

　しかし、庄司は豊雄の申し出をどうしてもきき入れなかった。

「私とても、いささか武芸のたしなみはあります。それが、こんな不甲斐ないことでは、大宅(おおや)家の方々に対しても、面目が立ちません。もう少し考えてみましょう。実は、小松原の道成寺(どうじょうじ)に、法海和尚(ほうかいおしょう)といって、御祈禱(ごきとう)をして下さる有難いお坊さんがおられます。もう年を取られて、部屋にこもったきりだときいておりますが、この私がお願いすれば、何とかお見捨てにはならないはずです」

●魔性の蛇塚

庄司は豊雄にそう答えると、早速、自ら馬に乗って出かけたのである。道成寺まではかなりの道のりで、着いたのは夜中であったが、老僧は寝室から起きて来て、庄司の話をきいてくれた。

「それは、さぞかし残念なことでございましょう」

と、きき終わった老僧は言った。

「拙僧もいまでは老いぼれてしまって、祈禱の効験がありそうにも思えませんが、他ならぬ貴家にふりかかった災難を黙って見捨ててはおけません。ひとまず、お先にお帰り下さい。拙僧もあとからすぐに参りますから」

そして、芥子の香をよくしみ込ませた袈裟を取りだして庄司に渡し、その魔性をうまくだましておびき寄せ、これを頭からかぶせて力一杯押さえつけなさい、と念入りに教えた。

「力が足りないと、逃げ出されるおそれがあります。心の中でよく念仏を唱え、しっかりと押さえて下さい」

庄司は感謝して、馬を飛ばして帰って来ると、豊雄をこっそり呼び、和尚からいわれたことを伝えて、袈裟を渡した。豊雄は早速、それを懐に隠して寝室に入って行き、女に話しかけた。

「庄司が、やっと諦めて暇をくれた。さあ、すぐにでも出かけようか」

これをきいて女は、何ともいえない嬉しそうな様子を見せた。その隙に豊雄は、懐から袈裟を取り出し、素早く女の頭からかぶせると、力まかせに上から押さえつけたのである。

「ああ、苦しい。どうしてこんなむごいことをなさるのです。ちょっとその手をゆるめて下さい」

と女は大声を出した。しかし、豊雄はなおも力まかせに押さえつけ続けた。そこへ、やがて、法海和尚を乗せた輿が到着した。和尚は、庄司家の人々に助けられるようにして寝室に入って来ると、口の中で小声で呪文を唱えながら、豊雄をうしろへさがらせた。そして、かぶせてあった袈裟を取りのけると、そこには、富子が正体なくうつ伏せになっており、その背中に、三尺余りの白い蛇が一匹、とぐろを巻いていたのである。

和尚は、それを捕らえて、弟子が捧げ持った鉄鉢に納めた。それから、また念仏を唱えられると、今度は屏風のうしろから一尺ばかりの蛇が這い出して来たので、和尚はそれも捕らえて鉄鉢に納めた。そして、例の袈裟で鉄鉢をくるむと、そのまま輿に乗った。人々は皆、手を合わせ、涙を流して、うやうやしく輿を見送ったのである。

和尚は寺に帰り着くと、本堂の前に深い穴を掘らせ、そこに鉄鉢をそのまま埋めさせた。そうして、魔性が二度とふたたび地上に出ることを禁じたのである。この蛇塚は、いまでも道成寺に残っているという。また、庄司の娘富子は間もなく病気にかかり死んでしまったが、豊雄の方は無事に生きながらえたと語り伝えられている。

青頭巾
あおずきん

●鬼になった高僧

昔、快庵禅師という徳の高い聖がおられた。まだ幼少の頃から、早くも禅宗の本義を究められ、諸国行脚の修行の旅を日常としておられたのである。ある年、美濃の国（岐阜県）の竜泰寺で夏籠の修行をされたあと、奥羽地方に向かって旅に出られ、やがて下野の国（栃木県）にお入りになったが、富田（栃木県大平町）という村で日が暮れてしまった。

聖は、一夜の宿を求めようと、一軒の大きな家の前に立たれた。すると、ちょうど田畑から帰って来た男たちが、夕暮れどきの薄暗がりに立っている聖の姿を見て、びっくりした様子で、「山の鬼だぞ、みんな出て来い」と大声でわめき叫んだ。それをきいて、家の中も騒々しくなり、女子供たちは泣き叫び、先を争ってあちこちに隠れた。

家の主は、天秤棒を手にして表へとび出した。すると、年の頃は五十くらいだろうか、頭に紺染めの頭巾をかぶり、墨染めの破れ衣をつけて包みを背負った老僧が、杖をあげて主をさし招き、こう話しかけて来たのである。

「ご主人、何でこのように警戒なさるのか。諸国遍歴の僧が、一夜の宿をお借りしたいものと、ここでどなたか来られるのを待っておりますだけですのに、このように怪しまれるとは、思いもかけませんでした。こんな痩坊主に強盗などつとまるわけもないではありませんか。決して怪しいものではありません」

これをきくと主は天秤棒を投げ捨て、手を打って笑い出した。

「いや、これは、村の衆たちのとんだ目違いで、旅のお坊様をおどろかせてしまって申し訳もございません。一夜の宿をさせていただき、この罪を償わせていただきたいと存じます」

主はそういって、うやうやしく頭をさげ、聖を奥の間へ案内した。そして、夕食の膳をすすめてもてなしたあと、こんな話をはじめた。

「先ほど、村の者どもがあなた様を見て、鬼が来たといっておそれましたのには、それだけのわけがあるのでございます。実は、世にも不思議な物語なのです。何とも奇怪な話ではございますが、どうぞ世の人々にも語り伝えて下さいませ。この里の山の上に寺が一つございます。以前は小山氏の菩提所で、代々、徳の高いお坊様が住んでおられました。只今の住職は、しかるべき方の甥御様で、学識、修行ともに評判が高く、この国の人々は皆お布施をあげて深く帰依しておりました。この家にもしばしばお出でになられて、うちとけたおつき合いをさせていただいておりましたのですが、昨年の春のことでございました。住職様は、越の国（北陸地方）へ灌頂の戒師として招かれ、百日余りお出かけでございましたが、その国から十二、三歳の童子を連れてお帰りになり、身のまわりの世話などさせることになさいました。それが大そうな美少年で、住職様はその美しさを深く寵愛される余り、私どもの目から見ても、だんだん、それまでの修行一途の住職様ではなくなってゆかれたようです。ところが、今年の四月頃、その童子がふとした病で床につき、日が経つにつれて次第に重くなりました。住職様は大変ご心痛で、国府の立派なお医者様までお呼びになりましたが、その甲斐もなく、とうとう亡くなってしまったのです。

住職様は、まるで懐中の珠を失われたようなお嘆きようで、そのため、遺骸を荼毘にふされることさえなさらず、童子の遺骸に顔を重ね、手に手を組んで毎日を過ごしておられましたが、やがて、ついに乱心なされて、生きていたときと同じように戯れ続けていたその童子の肉が、腐り、ただれてゆくのを惜しまれ、その肉を食い、骨をしゃぶって、とうとう食い尽くされてしまったのでございます。

寺にいた人々は、住職様はついに鬼になってしまわれたと、おどろきあわてて寺を逃げ出してしまいましたが、その後、住職様は夜になると里に下って里人を襲い、また、墓を暴いて屍肉を喰われるようになったのでございます。実際、鬼というものは、昔話にはきいておりましたが、住職様がその鬼になられた姿を、現実にこの目で見ることになってしまったわけです。しかしその鬼を、どうやって捕らえるべきでしょうか。ただ、夕方になると固く戸締りをする以外、方法はなかったのですが、近頃ではこのことが国じゅうに知れ渡り、人々の往来さえなくなってしまいました。あなた様を鬼だと見誤ったのは、そういうわけがあったからなのでございます」

●愛欲の迷路

「世の中には、実に不可思議なことがあるものですな」

と、主の物語をきき終えて、聖はいわれた。そして、こうお答えになったのである。

「およそ人間と生まれて、仏や菩薩の教えの広大無辺を知らず、愚かで、心のひねくれたまま一生を終わったものが、その愛欲や邪念の罪業にひきずられて、あるものは生前の獣の姿になって恨みをはらしてみたり、またあるものは鬼となったり蛇となって祟りをする、といった例は、昔から数え切れないくらいたくさんあります。また、生きながら鬼になったものもあります。昔、中国の楚の王に仕えた女官は蛇となり、王含の母は夜叉となり、呉生の妻は蛾となりました。また、こんな話もあります。昔、ある僧が貧しい百姓家に一夜の宿を借りたが、その夜は雨風が激しく、燈火もない暗い部屋で寝つかれずにいると、夜更けて羊の鳴き声がきこえる。そして暫くすると、僧の眠りをうかがいながら、しきりに体を嗅ぎまわる者がある。怪しい奴だ、と僧が枕許に置いた禅杖を取って力まかせに打ちつけると、大声をあげて何ものかがそこに倒れた。その音で、家の老婆が明りを持ってやって来たので、見ると、若い女がそこに倒れている。老婆は泣きながら、娘の命だけはお助け下さいと哀願した。僧も、どうしてよいかわからず、そのままその家を出たが、その後、またその村を何かで通りかかると、今度は田圃の中に大勢の人が集まって何かを見物している。そこで近づいてたずねてみると、鬼になった女を捕らえて土に埋めているところだった、ということです。

しかし、こうした例はどれもみな女で、男ではこういう例はきいたことがありません。心のひねくれた女は、特にこの種の浅ましい鬼になりやすいのでしょう。もっとも男にも、隋の煬帝の臣下に麻叔謀というものがあって、これが人間の子供の肉を好み、ひそかに民家の子供をさらい、その肉を蒸して食ったという話もありますが、これは、もともと理性も教養もない野蛮人のやったことであって、いまあなたがお話しになった僧の場合とは違っています。

それにしても、その僧が生きながら鬼になったということは、それこそまさに、過去の因果というものでしょう。実際、かつては修行に努めて高い徳を身につけておれたということは、真心を尽くして仏に仕えたからであって、もしその童子さえ傍に置かなかったならば、立派な僧のままでおられたものを、と惜しまれるわけです。ところが一旦、愛欲の迷路に入り込んでしまい、無明の業火にその身を焼かれ、鬼と化してしまったのは、かつては仏道一筋に修行されたその僧の、一本気な性格が、却って災いとなったのでしょう。同じ一人の人間の性質が、間違えば妖魔となり、悟れば仏となる、といわれていますが、この僧はそのいい実例であります。ですからもし、拙僧が、この鬼を教え導き、以前の心に帰すことが出来たならば、今夜のあなたのおもてなしに対するご恩返しになるかも知れませんな」

きき終わった主は、畳に額をすりつけた。そして、もしそうしていただけたならば、村人たちは極楽に生まれ変わったような気がすることでしょうと、涙を流して喜んだ。

山里の夜には、鐘の音一つきこえなかった。ただ、古戸の隙間からさし込む二十日余りの月の光が、すでに夜も更(ふ)けたことを知らせた。

「それでは、お休み下さいませ」

と、主は聖に挨拶をした。そして、寝室へさがったのである。

●荒れ果てた山寺

誰も訪れなくなった山寺の楼門(ろうもん)は茨におおわれ、経楼(きょうろう)は苔むしていた。本堂に立ち並ぶ仏像は蜘の巣でつながれ、護摩壇(ごまだん)は燕(つばめ)の糞にまみれて、部屋も廊下も荒れ放題の荒れ方である。そろそろ陽が西に傾く頃、快庵禅師(かいあんぜんじ)はこの破れ寺に着かれた。そして、錫杖(しゃくじょう)を鳴らし、案内を乞われた。

「諸国遍歴の僧でございます。今夜(こよい)一夜の宿をお貸し下さい」

しかし、何度呼んでも返事はない。ようやく寝間から痩せこけた僧が、ふらりと出て来たかと思うと、いったいどこへ行くつもりでここへ来たのかと、しわがれ声でたずねた。

「この寺は、訳あってこのように荒れ果て、人も住まぬ野良同然の破れ寺となっているので、一粒の米もなければ、一夜の宿を貸す用意もない。さっさと里にお下りなされ」

しかし禅師は、重ねて頼まれた。

「拙僧は、美濃の国を出て奥州へ向かう途中ですが、この麓の里を通りかかったところ、山の形といい水の流れといい、まことにすばらしい。それにつられて、ついここまで登って来ました。すでに陽も傾き、これから里に下るには遠過ぎます。何とか一晩だけお泊め下さい」

「このように荒れ果てたところには、何かよくないことがあるものです。ですから、強いてお止めは出来ません。かといって、どうしても出て行けとも申しません。御僧の好きなようにされるがよい」

主の僧はそういうと、あとは一切、口をきこうとしなかった。禅師もそれ以上は、何もいわれず、主の僧の傍に坐り込んだ。陽は、みるみるうちにすっかり沈み、あたりは暗闇になった。燈火一つないので、一寸先も見えず、ただ谷川の水音がきこえるばかりである。主の僧は寝間へ入ったきり、物音一つ立てなかった。

夜が更けると、月夜になった。月光は玲瓏として、堂の中を隈なく照らし出した。ちょうど真夜中と思われる頃である。主の僧が出て来て、ばたばたとあたりを探しはじめた。しかし、見つからないらしい。

「糞坊主め、どこに隠れやがったか。確かこのあたりにいたはずなのだが」

そう大声で叫びながら、禅師の前を何度も走り過ぎるのであるが、ついに禅師を見つけ出すことが出来ない。本堂の方へ駈け出したかと思うと、庭をぐるぐるとおどり狂い、とうとう疲れ果ててばったり倒れてしまったのである。

やがて夜が明けて、陽が昇った。主の僧は、まるで酒の酔いからさめた人間のようであった。そして、禅師が昨夜と同じ場所に坐っているのを見ると、ただ呆然とした様子で、ものもいわず柱にもたれ、深い溜息をついたきり、黙ったままであった。禅師は、その傍へ近づいて、声をかけられた。

「院主、何を嘆いておられるのですか。もし飢えておられるのであれば、拙僧の肉を食って腹を満たして下さい」

「御僧は夜通しそこにおられましたか」

と主の僧はたずねた。

「一睡もせず、ここにおりました」

と禅師は答えられた。

「自分は、浅ましくも、人間の肉を好んで食べて参りましたが、まだ仏に仕える僧の肉の味は知りません。御僧はまことの仏でございます。自分の、鬼畜のような曇った目で、生き仏を見ようとしても、見えないのが当然だということでしょう。ああ、実にもったいないことです」

主の僧は、そういい終わると、あとは深く頭を垂れて、口をつぐんだのである。禅師は、こうたずねられた。

「村人たちの話では、その方は愛欲に狂ったのがもとで、鬼道に堕ちたということであるが、まことに浅ましいとも哀れともいいようのない、類稀な悪因縁である。その方が夜毎、里に出て人に害を及ぼすので、村人たちは安心も出来ない。自分はこれをきいて、見捨てておくことが出来ず、わざわざここへやって来て、その方を教化し、本来の心に立ち帰らせたいと思うのだが、さて、その方には自分の教えをきくつもりがあるのか、どうか」

たずねられて、主の僧は答えた。

「御僧は、まことに生き仏でございます。このように浅ましい悪業を、きっぱりと忘れる真理を、どうぞお教え下さいませ」

「よし、きくというのであれば、ここに来るがよい」

と禅師はいわれた。そして主の僧を縁側の前の平たい石の上に坐らせると、自分のかぶっておられた紺染めの頭巾を脱いで僧の頭にかぶせ、それから、証道歌の二句をお授けになったのである。

江月照松風吹（こうげつてらししょうふうふく）
永夜清宵何所為（えいやせいしょうなんのしょいぞ）

「よいか、その方、この場を動かずに、じっくりとこの二句の真意を探求するのだ。それの解けたときが、すなわち本来の仏心（ぶっしん）に立ち帰るときなのである」

禅師は、そう教えて、山を下りられた。そしてその後、村人たちは鬼の災厄を蒙らなくなった。しかし、山寺の僧の生死は誰にもわからなかったから、村人たちはその後もずっと山に登ることをおそれ続けたのである。

●草原に残ったもの

それから早くも一年が経った。翌年の十月のはじめ頃、奥州（おうしゅう）からの帰りにふたたびこの村を通りかかられた快庵禅師（かいあんぜんじ）は、前に一夜の宿を借りた家に立ち寄られて、山寺の僧のその後の様子をたずねられた。家の主は大喜びで聖（ひじり）を迎えて、聖様の御徳（おんとく）のお蔭で鬼はあのあと里にあらわれなくなり、村人たちは極楽に生まれ変わったような心地であります、と答えた。

「しかし、まだ山に登ることはおそろしがって、誰も登るものはございません。それで、鬼のその後の消息は存じませんが、おそらく生きていないでしょう。ひとつ、今夜はお泊まりいただいて、あの僧の菩提をお弔い下さいませ。村人たちも一緒に念仏させていただきます」

「あの男が、もし本来の仏心に帰って往生したのであれば、仏の道において拙僧の師ということになります。また、もし生きているとすれば、拙僧にとって一人の弟子であります。いずれにしても、その後の様子を見届けねばなりますまい」

そういわれて禅師は、ふたたび山へお登りになった。なるほど、まったく人の往来がとだえているらしく、とてもこれが昨年通った道だとは思えない。寺に着いてみると、荻や薄が身の丈よりも高く生い茂り、こぼれ落ちて来る露は、まるで時雨のようであった。その上、寺内の小路さえわからなくなっており、本堂や経閣の戸は左右に倒れ、雨ざらしになった回廊は朽ち果てて、苔むしている。

さて、あの僧を坐らせた縁側のあたりを目で探すと、ぼんやりと一つの人影が見えた。僧とも俗人とも区別がつかぬくらい、髭も髪もぼうぼうと乱れた男が、雑草のからみ合った一面の薄原の中で一人、蚊の鳴くような声で何かぶつぶつと唱えている。

禅師が耳を澄ますと、それはあの証道歌だったのである。

江月照 松風吹
永夜清宵何所為

禅師は暫く男の姿を見凝めておられた。それから禅杖を持ち直すと、「作麼生、何の所為ぞ！」と一喝して、男の頭を打ちすえられた。すると、まるで朝日に照らされた氷が解けるように、男の姿はたちまち消え失せ、あの青頭巾と骨だけが草原に残ったのである。まことにながい間の執念が、ようやく消尽したのであろう。これこそ、尊い仏教の真理ではなかろうかと思う。

禅師の大徳は、こうして全国の隅々から外国にまで知れ渡ることになった。人々は皆、「まるで開祖の達磨大師が生き返って来られたようだ」と、おどろき、讃えたそうである。そこで村人たちは集まって荒れ果てた山寺を清め、修復し、禅師にお願いして、この寺の住職としてお迎えした。禅師は、それまでの真言密教を改宗して、ここに曹洞宗の霊場をおひらきになった。この寺は、いまでも尊く、栄え続けているということである。

貧福論（ひんぷくろん）

●夢枕の黄金（こがね）の精

陸奥（むつ）の国（東北地方）、蒲生氏郷（がもううじさと）の家臣に岡左内（おかさない）という武士がいた。高禄（こうろく）で武勇の誉（ほま）れも高く、その勇名は東国一帯にとどろいていたが、この武士にはまことに変わった癖があった。一般の武士とは違って、蓄財の欲が甚（はなは）だ強かったのである。倹約第一主義に家内を取り仕切ったから、年と共に富み栄えて来た。その上、他の武士たちのように、武芸の合間に茶の湯やお香（こう）などをたしなむでもなく、部屋に沢山の金貨を敷き並べ、それを眺めることが、彼にとっては世間の人々の月見や花見以上のたのしみなのであった。人々は皆、そうした左内の奇行を噂（うわさ）し、けちで風流を解さない野暮な男だ、と爪（つま）はじきしたのである。

ある日、左内は、昔から家で働いている下男の一人が、金貨一枚を大事に持っているという話をきいた。彼は早速、下男を近くに呼びつけ、こう話してきかせた。

「天下の名玉といわれる崑崙(こんろん)産の璧(たま)でも、乱世においては瓦や石ころに等しいものだ。いまのような乱世に生まれて、武士として生きるものにとって欲しいものは、もちろん、棠谿(とうけい)とか墨陽(ぼくよう)などの名剣に違いないけれども、もう一つ、忘れてはならないのが財宝である。たとえ、どんな名剣であっても、千人の敵にはかなわないが、金の力は、よく天下の人々をなびき従わせるものだ。武士たるもの、これを粗末に扱ってはならない。是非とも、大切に貯蓄すべきである。その点お前は、賤(いや)しい身分でありながら、分に過ぎた金貨を持っているとは、まことに殊勝(しゅしょう)なことだ。褒美(ほうび)を与えずばなるまいよ」

そういって左内は、下男に十両の金を与え、その上、帯刀をも許して士分(しぶん)に取り立ててやった。これをきいた人々は、左内の蓄財はただの貪欲からではなくて、彼こそは当世稀(まれ)に見る一奇人なのだ、とほめそやしたのである。

その夜、眠っていた左内は、枕許(まくらもと)に誰かがあらわれた気配を感じた。目をさましてみると、行燈(あんどん)のそばに、小人(こびと)のような老人が、にこにこしながら坐(すわ)っている。左内は枕から頭をあげて、少しも動ぜず、誰何(すいか)した。

「そこにいるのは、いったい何ものだ。このおれに金か食物でも借りようというのであれば、屈強な男がやって来そうなものではないか。お前のような老いぼれが、おれの眠りをさましにやって来たとは、おおかた狐か狸のいたずらだろう。何か身におぼえの術でもあるのなら、秋の夜ながの眠気ざましに、ひとつ見せてもらおうではないか」

「ここへ参上致しましたのは、魑魅でもなければ人間でもありません」

と、老人は答えた。

「常日頃、貴殿が大事にされている黄金の精なのです。長年、貴殿が手厚くもてなして下さることに感謝致しまして、一夜親しくお話し致したいと思い、推参しました。貴殿は今日、召使をお褒めになり、褒美を与えられましたが、まことに感謝の至りであります。それで、ふだんから考えていることどもをすっかりお話ししてしまえば、さぞかし晴々した気分になるだろうと、仮にこんな姿でやって参りました。もちろん、十に一つも役に立たないような無駄話ではありますけれども、いいたいことを黙っているのも腹ふくるることでございますから、こうしてのこのこお訪ねして、お休みのお邪魔を致したような次第でございます」

●金銭軽視思想の誤り

そういって老人は、さらに言葉を続けた。

「さて、ところで、富み栄えてしかも奢りたかぶらないのが、正に大聖人の道というものです。それを、世の口さがない連中が、富めるものは必ず心がねじけているとか、金持の多くは愚か者である、などというのは、例えば晋の石崇とか、唐の王元宝などといった貪欲残忍なものだけに当てはまることです。古来より、富み栄えた人は、天の摂理に従い、人間関係や環境との調和を充分に考察し尽くし、その結果として必然的に富を築いたわけです。周代の人、太公望呂尚は、斉の国に封ぜられたが、そこで人民たちにその土地の自然を利用した漁業と塩づくりを教えたので、海の幸を求めて多くの人々が集まって来たのであります。また、中国春秋時代の人、管仲は陪臣の身分でありながら、その富は列国の君主以上でした。その他、范蠡、子貢、白圭などという人物は、いずれも産物を売買して利益をあげ、巨万の富を築きました。

これらの人物たちを並べて、司馬遷は『史記』の中に『貨殖列伝』の一篇を設けたわけですが、その所説を卑しいものとして後世の学者たちが筆を揃えて非難したのは、深い真理を知らないからです。『孟子』にもいう通り、恒産なきものは恒心なし、です。百姓は穀物の生産に励み、職人たちは道具を作ってこれを助け、商人はそれらの産物を諸国に売り捌くというふうに、各人が自分の生業に励み、家を豊かにして祖先をまつり、子孫の繁栄をはかることをせずに、いったい何が人間の仕事だというのでしょうか。金持の子供は死刑にされるようなことはしない、また、金持は王者と同じたのしみを持つことが出来る、と諺にあります。まことに、その通りであって、淵が深ければ魚も自由に泳ぎまわり、山が深ければ獣もよく育つ。これが天然自然の道理であり、法則であります。

ただ、『論語』の中に、貧しく暮らしながらしかもたのしむ、という文句がありまして、これが学者や文士たちを誤解させる原因となり、ひいては武士たちまでが富こそ国の基礎であることを忘れ、つまらぬ軍略にばかり熱中して、物を破壊し人を殺戮し、挙句の果ては自分も破滅して子孫を絶やしてしまうわけで、これはすべて、金銭を軽くみて、ただもう名誉だけを重んじるという過ちのためであります。

思うに、名誉を求める心も、利を求める心も、その根は一つであって、別のものではありません。ただ、書物に書いてある知識だけにとらわれて、金の徳を軽んじ、そういう自分だけを清廉潔白であると自称し、晴耕雨読の世捨て人を賢人と呼ぶわけですが、なるほど、そういう人は賢人かも知れません。しかし、そういった行為自体は別に立派だとはいえないでしょう。

黄金は、宝物の中の最高のものです。土中にあるときは、そこに霊泉をたたえ、不浄を払って、妙なる音を秘めています。これほど清らかなものが、どうして愚かで貪欲な人々の所にしか集まらないといえるでしょうか。そんなことは、ないはずです。今夜は、この胸の中の鬱憤を残らず吐き出すことが出来て、こんなに嬉しいことはありません」

●貧富は前世の因縁か

「なるほど」

と左内は、興味をそそられて、膝を乗り出した。

「いまのお話をうかがいまして、蓄財の道が貴いものだということは、まったく同感であります。ただ一つ、愚問だとは思いますが、どうか御教示を賜りたい。貴殿のお説では、金の徳を軽視して、蓄財というものが偉大な事業であることを知らないことが、大きな過ちである、というわけですが、しかし、あの学者どもの説にも、まったく理由がないわけではありません。いまの世の中で、金を持っているものは、十人のうち八人までが貪欲で薄情な連中です。自分は十二分な禄を受けながら、兄弟親族や先祖代々の奉公人たちが困っているのを救おうともせず、また、隣人が落ち目になると、その人の田畑を買いたたいて自分のものにしてしまうとか、また、いままでは村長と敬われる身分にありながら昔借りた人のものを返そうともしないとか、礼儀正しい人が席を譲ると、その人を下僕か何かのように見下すとか、たまたま旧友が訪ねて来ると金でも借りに来たのではないかと疑って居留守を使う。そういう例を数多く見てきたわけです。

一方、反対に、主君に忠義の限りを尽くし、親孝行の評判が高く、目上の人物には礼を尽くし、貧しい人には力を貸すような立派な心がけを持った人間が、真冬の寒いときにも、着たきりの一枚で過ごし、極暑の夏にも、汗のついた衣服を洗濯する着替えの余裕さえなく、豊作の年でも朝晩一杯の粥でやっと飢えをしのいでいる。また、そんな状態であるから、訪ねて来る友だちもなく、そればかりか、兄弟や親族からも出入りを差し止められてしまい、その無念さを訴える方法さえなくて、貧窮のうちに一生を終わるというような人もおります。

それでは、その人物は仕事を怠けているのかというと、決してそうではなく、朝は早く起き、夜は遅くまで精出して働き、貧乏暇なしです。また、別に人よりも知能が劣っているわけでもないのに、何をやっても、折角の努力が水の泡になって、報いられない。かといって彼らは、孔子の弟子の顔回のように、一文無しの境涯を楽しむといった心境に到達することも出来ない。こういうふうにして一生を終わることを、仏教では前世の因縁だと説いているし、また、儒教思想では、定められた天命だと教えております。

もし、仏教の説の通り、来世というものがあるとすれば、この世では報いられなかった徳や善行が、来世では報いられるであろうと、そう考えて、この世の鬱憤を何とか押さえて生きることも出来るでしょう。しかし、それならば、この金銭の問題については、仏教の説では解決出来るけれども、儒教思想では解決出来ないということになるのでしょうか。貴殿も、仏教を信じておられるようですが、その点をひとつ、解き明かしていただけないでしょうか」

●金銭はどんな人間を好むか

老人は答えた。

「貴殿のそのご質問は、確かに、昔からずいぶん論じられながら、いまだに結論の出ていない問題なのです。あの仏教の教えによれば、この世の貧富は、前世の行いの善悪によるということですが、これは実に杜撰な教えです。前世においてよく身を修め、慈悲深く、人とも真心をもって交わった人が、その善報によっていまこの世で富裕な家に生まれて来て、今度はその財力をかさに着て威張り返り、とんでもないたわ言をわめき散らし、浅ましく卑しい心をさらけ出すということは、前世の善行というものが、いったい、どういう報いでこのように堕落したことになるのでしょうか。仏や菩薩は、名誉とか利欲とかいうものを忌み嫌われるときいておりましたのに、何で貧福などにこだわって、あれこれ説かれる必要があるのでしょう。まったく、富は前世の善行の報いであり、貧乏は悪行の報いであるなどという説は、無知な女どもをたぶらかすだけの、えせ仏法というものであります。貧福など問題にせず、ただ一途に善行を積む人は、仮にその報いを自分が受けることはなくとも、その子孫は必ず幸せを得るものです。儒教の『中庸』に、『宗廟これを饗て子孫これを保つ』とあるのは、その道理をいい得て妙というべきでしょう。それに、考えてみれば、自分の善行に対してその報いを自分が期待するというのは、決して素直な心とはいえないようです。ただし、悪業の限りを尽くし、貪欲でけちな人間が、富み栄えるばかりか長寿まで全うするのはいったいどういうわけであるのか、という問題については、わたしにはまた別の見解があります。もう暫く、おきき下さい。

わたしはいま、仮に人間の姿をして貴殿の前にあらわれ、お話を致しておりますけれども、神でもなければ仏でもありません。もともと感情のない黄金の化身なのですから、人間とは違った考えを持っております。昔、富み栄えた人は、天然自然の法則に逆らわず、また地理や環境をよく研究して、それに適った産業を営み、富裕になりましたが、これは、天然自然の法則に適った計画であったわけですから、財宝がそこに集まるのは当然の理屈であります。ところで、品性卑しく、けちで貪欲な人の場合ですが、こういう人は、金銭と見ればまるで自分の親のようにこれを大切に扱い、食う物もろくに食わず、着る物もろくに着ず、更には命さえも金銭のためには惜しまない。寝てもさめても、ただただ金、金、金と、片時も金銭のことを忘れないわけですから、そこに金銭が集まるのも、また当然の理屈といわなければなりません。

　わたしはもともと、神でもなければ仏でもなく、ただ非情な黄金（こがね）の精であります。ですから、人間の善悪を裁く必要もなければ、その道理に従う義務もありません。善を褒（ほ）め、悪を罰するものは、天であり神であり仏であります。この三つの教えは人間の生きる道です。到底わたしどもの及ぶところではありません。ただ、わたしどもは、金銭というものを有難がり、大切に扱ってくれる人のところに集まるものだ、というふうにご理解いただければよろしいかと存じます。このあたりが、金には霊はあるけれども、人間の心と違うところなのです。ですから、いくら善行だからといっても、理由なく他人に恵んだり、相手が不真面目であることをよく見きわめもせず金を貸したりするようなお金持のところからは、やがて、財産は消えてなくなってしまうでしょう。そういう人は、金の使い方は知っていても、金の徳というものを知らず、金を軽々しく扱うからです。

また、日頃の行いもよく、他人にも真心をもって接しているにもかかわらず、生活に窮して苦しんでいる人は、もともと、造化の神のお恵み薄く生まれついているのであって、どんなに躍起になっても、一生金持にはなれません。だからこそ昔の賢人は、富を求め甲斐があると判断すれば求めたけれども、一旦、求め甲斐がないと知るや、そんなものを求めることはさっさと断念して、自分の気の向くままに、俗世間を離れて山林にこもり、心静かに一生を送ったのです。その心の中は、さぞかしさっぱりして爽々しいものであったろうと、まことに羨ましくなるくらいですが、しかし、そうはいっても、蓄財はやはり一つの技術であって、巧みなものはよくこれを集め、下手なものは、いくら持っていても、まるで瓦でも崩すように、簡単にこれを失ってしまいます。それに、わたしども黄金仲間というものは、人間の事業につきまとうものでありまして、決して一定の主人というものを持ってはおりません。ここに集まったかと思えば、その持主のやり方一つで、たちまち別の人のところへ走ってしまいます。それはちょうど、水が低い方へと流れるようなものであって、また、昼も夜も休みなく動いております。働かずに坐食しておれば、泰山のような財産も、たちまち食い潰してしまうでしょう。川や海ほど貯えられた富も、やがて飲み尽くされてしまいます。

繰り返して申し上げます。徳のない人が金持になるのは、いま申し上げた理屈と正反対の理屈からであります。また、徳のある君子の貯財については、これはもう、あらためて論ずるまでもありません。すなわち、金運にめぐり会った人が、しかも倹約を守り、無駄を省いて真面目に働けば、当然の結果として家は富み栄え、人々は従って来るからです。わたしは、仏教の前世の因縁(いんねん)というものも知りませんし、儒教の天命説にも何のかかわりも持たず、まったく別の世界に生きているものなのであります」

●黄金(こがね)の精の予言

「貴殿の御説は、まことにすばらしいものです」

と、左内は更にもう一膝(ひとひざ)乗り出して、言った。

「お蔭で、長年の疑念も今夜のお話ですっかり氷解致しましたが、もう一つだけ、ついでにおたずね致します。いまのところ豊臣(とよとみ)家の威勢は天下を靡(なび)かせ、五畿七道(ごきしちどう)すべて平穏無事に見えますが、主家を亡ぼされた義士たちは浪人に身をやつして機をうかがっています。またあるいは、一時的にどこかの主君に仕えながら時勢の変化をうかがい、かねてからの主家再興の志を遂げんものと、計画を練っております。武士ばかりではありません。百姓たちも、戦国育ちですから、折あらば鋤を槍に持ち代えて一旗挙げんものと、野良仕事に身が入らない有様です。

これでは、武士たるもの、枕を高くして安眠することは出来ませんし、こういう状態では豊臣の天下も、そう長く続くとは思われません。果たして、このあと誰が天下を統一し、民百姓を安心させるのでしょうか。そして、貴殿は、どなたに味方されるのでしょうか」

老人は、答えた。

「これもまた人間世界のことでありますので、わたしの関知しないことです。ただ、それを金銭の面から論ずるならば、武田信玄のように智謀にすぐれ、狙うところ百発百中であった武将でも、一生かかって支配出来たのは、僅かに甲、信、越の三国に過ぎませんでした。しかも、名将としての評判は日本じゅうに高かったわけです。その信玄が死ぬ間際に、こんなことをいったそうです。信長の奴はまったく運の強い大将である。自分はかねがね彼をあなどって征伐することを怠っているうちに、こうして病気に倒れてしまった。わが子孫も、結局、最後は彼に亡ぼされるであろう。

また、上杉謙信は勇将でありました。信玄亡きあとは、天下に敵なしでありました。しかし、不幸にも早死にしました。信長の場合、その人物、才能は群を抜いておりましたが、智においては信玄に及ばず、勇においては謙信に及びません。にもかかわらず、財力のお蔭で、天下も一度はこの人によって統一されたのです。しかし、家臣に恥をかかせたために、謀叛を起こされ、一命を落としたところを見ると、文武両道の達人というわけにはゆかなかったようです。

さて、秀吉のことですが、彼の志は確かに大きいものです。しかし、それはもともと、天下万民を納得させるような、壮大なものではありませんでした。柴田勝家と丹羽長秀の財力を羨んで、羽柴という姓を名乗ったことからもそれはわかることです。竜になって天に登ったのはいいのですが、貧しい小さな池に棲んでいた自分の過去を、忘れ過ぎているのではないでしょうか。秀吉は確かにいまは竜なのでしょうが、もとはといえば、蛟蜃の類に過ぎません。蛟蜃の竜に化したるは、その寿命僅か三年に過ぎず、と昔の本にも書かれております。百姓上りの天下人が百姓のことを忘れたのでは、豊臣の天下もそう長くは続きますまい。

昔から、奢れる統治者は久しからず、です。倹約ということが大事なのです。ただし、これも行き過ぎると、卑しいけちんぼになりさがります。したがって、倹約とけちとのけじめをよくわきまえなければなりません。豊臣の天下は、いまも申しました通り、長続きしないでしょうが、天下万民が平和に富み栄え、それぞれの家が代々末ながく家運の繁栄を謳歌出来るようになるのも、そう先のことではないでしょう。その時、誰が天下を統一するのか占え、という貴殿のご所望には、この句でお答え致しておきます」

そういって老人は、次の八文字の句を左内に与えた。

堯蓂日杲　百姓帰家

左内と黄金の精との問答は、ようやく終わったようである。折から、遠くの寺でつきはじめた鐘が、夜明けの近いことを告げた。

「おや、もう夜が明けてしまいました」

と黄金の精の老人はいった。

「おいとませねばなりません。今夜は、とんだ長話で、すっかりお休みのお邪魔を致してしまいました」

そういって老人は立ち上がったようであったが、いつの間にかその姿は、ふっとかき消すように見えなくなってしまった。

左内は、枕許にに小人の老人があらわれてから消えるまでのことを、もう一度詳しく思い出してみた。そして、例の八文字の句をよくよく考えているうちに、「百姓家に帰す」とは、やがて徳川家康によって天下は統一され万民は家康に帰属する、という意味であることがわかった。わかっただけでなく、左内はそれを深く信じる気持になった。黄金の精が残した謎の八文字は、まことにおめでたい時代にさきがけた、おめでたい予言であったのである。

春雨物語

はるさめものがたり

二世の縁

にせのえにし

●土の中の音

山城(やましろ)の国（京都府）の秋は、古歌にうたわれた大槻(おおつき)の木の葉も散り果て、特に山里ともなれば、すでに寒く、何とも淋しいところである。古曽部(こそべ)（大阪府高槻(たかつき)市）という里に、ずっと昔から住みついて来た農家があった。山田をたくさん持っており、年々の豊作不作に一喜一憂することもなく、豊かに暮らしていた。

主人はなかなかの読書家で、遊び仲間も持たず、ただ夜遅くまで燈火(ともしび)の下で書物を読むことだけが楽しみであった。しかし、母親の忠告は守ることにしていた。

「さあ、もうお休みなさい。十時の鐘はとっくに鳴りましたよ。十時過ぎの読書は神経を疲れさせ、いつかは病気のもとになると父親殿がいっておられたのをおぼえています。好きな事に夢中になると、つい不注意になるものです」

何度もそう注意されて、なるほど母親は有難いものだと思い、十時過ぎには床(とこ)に就くよう心がけていたのである。

ある晩のこと、雨が降って、宵のうちから物音ひとつきこえなかった。その晩は、母親の忠告をつい忘れてしまい、すでに午前二時くらいになっていたであろうか。雨は止んで、風も吹かなくなった。月が出て、窓は明るかった。主人は、歌でも一首作りたい心境になった。そこで、墨をすり、筆をとって、さて今夜の感興は、歌にするならばこれとこれだろうと、夜の静けさにじっと耳をこらすようにして言葉を探していると、虫の音だとばかり思っていたものが、ときどき鉦の音にきこえて来る。そして、その音は今夜だけでなく、毎晩きこえていたことにも気づいたのであるが、それにしても不思議なことだ。そこで、庭へ下りて行ってあちこち探しまわってみると、どうも鉦の音はこのあたりからきこえて来るらしい。ふだんは草を刈ったこともない庭の隅であったが、鉦の音は間違いなく、その草むらの石の下からきこえていたのである。

翌朝、主人は下男たちに命じて、その場所を掘らせた。三尺ばかり掘り進むと、大きな石に突き当たった。その石を掘り起こしてみると、今度は石の蓋をした棺があった。それで、下男たちに蓋を取らせて中を見ると、何だかよくわからない物が入っており、そいつがときどき、手で鉦を打つことがわかったのである。

棺の中の奇妙な物は、鮭の干物のようにも見えるが、それよりもっと痩せて干からびていた。髪が膝の下あたりまで伸びていたが、取り出した下男たちは、ただ軽いだけで別にきたなくはなさそうだ、という。そして、こうやって掘り出している間も、鉦を打つ手だけは相変わらず動かし続けているのだった。

「これは、仏教でいう禅定というもので、後世の徳を願い悟りを開く修行なのだ」

と主人は、下男たちに説明した。

「わが家はこの場所に、十代に亘って住んでいるが、この僧が禅定されたのは、それ以前のことだろう。魂の方は、願い通り永遠の悟りに到達したけれども、肉体の方はこうして地上に取り残されたということかも知れない。それにしても、いまだにこうして手を動かしているとは、おそるべき執念だ。とにかく、何とか生き返らせてみよう」

それから下男たちに命じて家の中へ担ぎ込ませると、道具や器類の端に咬みつかせないよう、注意を与えた。執念を持ったものは何かの端に咬みついたら最後、絶対に放さないといわれているからである。そして、暖かい衣類を着せかけ、唇にときどき湯や水を含ませてやると、やがて、自分からそれを吸い込むようすである。

●生き返った男

しかし、こうなると今度は、女子供たちはこわがって近寄ろうとしなくなった。それで、主人が自分で面倒をみたが、彼が唇に水を注ぐ度に、母親は念仏を唱えるのだった。こうして、かれこれ五十日ほど経つと、鮭の干物みたいだった体のあちこちに潤いが出はじめ、体温さえ戻って来たのである。「さあ、もう一息」というので、主人は更に気を配って面倒をみ続けた。すると、ついに目を開いた。まだ、はっきりと物は見えないらしいが、それでも、重湯や薄い粥などを口に入れてやると、自分から舌を出して味わうようにさえなったところは、何のことはない、ごく当たり前の人間と同じだったのである。

そしてそのうち、肌も肉付きも人並みになった。手足も動くようになり、耳もきこえるらしい。また、風が吹くと寒いらしく、裸をいやがる様子で、古い綿入れを着せかけてやると、手で触って、いかにも嬉しそうだ。

食物にも、自分でかぶりつくようになった。しかし、僧だったわけであるから魚は食べさせなかった。すると、何だか欲しそうな様子を見せるので与えてみると、骨まで食い尽くしてしまった。

さて、あの世から生き返って来た人間というわけで、主人はあれこれたずねてみた。

しかし、何をきいても、ぜんぜんおぼえていません、という。

「この土の下に入った事くらいは、おぼえているだろう。何という名の僧だったのかね」

しかし、これにも、まったくわからないという返事だった。これではどうにもならない、と主人は諦めてしまった。そして、庭掃除や水撒きなどの手伝いをさせて面倒をみることにしたのであるが、命ぜられた仕事だけは、毎日ちゃんと怠らなかったのである。

それにしても、仏の教えとは、何とも当てにならないもののようだ。この男、こうして土の下に入って鉦を打ち鳴らすこと、百年以上だったはずである。ところが、何の霊験もなく、ただ骨だけが残ったとは、まったく浅ましい限りだ。主人の母親は、そう思った。そして、それまでの考えをすっかり変えてしまった。

「これまで長い間、後世を大事と思えばこそ、息子の金を無駄使いしてまで、お寺へのお布施だけは怠るまいと勤めて来たけれども、それはすべて、狐か狸に欺されていたようなものです」

というわけで母親は、もの知りの息子に相談して、命日の墓参り以外には寺にも近づかなくなり、嫁や孫たちに手を引かれて、あちこち遊びまわって楽しむようになった。親族たちとのつき合いもよくなり、召使たちにも気を使って、ときどき金や品物を与えた。そして、いままで有難いと信じ込んでいた仏のことを忘れて、こうしてのどかに暮らすことは実にたのしいことだと、人々にも話し、自分も満足していたのである。

一方、土の中から掘り出された男は、ときどき何かに腹を立てたように、目をむいて、ぶつぶつ独り言をいっているようだった。禅定に入った者だということで、入定の定助と呼ばれるようになっていたが、主人の家に五年ばかり厄介になっていたあと、同じ里の貧しい後家のところへ婿入りして行った。いったいいま何歳であるのか、自分の年さえわからなくとも、男女の交わりだけはするらしいのである。

やがて、里の者たちはもちろん、隣村の者たちまでが、ひそひそ噂し合うようになった。

「やれやれ、とんだ仏因の見本を見せられたものだ。禅定した僧でさえあんな浅ましい結果になるようでは、とても仏因なんて信じられやしないよ」

これをきいて里の僧は、大いに腹を立てた。そして「あんなものは偽者に過ぎん」と嘲笑まじりに里人を説教したのであるが、耳を傾ける者は、だんだん少なくなってしまった。

●人間の不思議

また、この里の名主（なぬし）の母親は、八十まで長生きしたが、病気が重くなってもう駄目だろうというとき、医者に向かって、こんなことを言った。

「いつ死ぬかもわからないといういま頃になって、ようやく悟ったわけなのですが、わたしが今日まで長生き出来たのは、ただただ、頂いたお薬のお蔭なのです。あなた様には、長年ご懇意にしていただきましたが、これから先も、お元気でおられる限り、どうか相変わらずのおつき合いをお願い致します。わが息子は年は六十に近いのですが、いまだに子供じみた考えが抜け切れず、どうにも心配でなりません。ですから、ときどきはお訪ね下さって、家運を衰えさせるなと、意見してやって下さいませ」

きいて、息子の名主は、こう答えた。

「こんな白髪頭（しらがあたま）になっても、一向に大人になれず、相変わらず幼い私のことを、ご心配下さる母上のお気持、本当に有難く感謝致します。そのお心に報（むく）ゆるためにも、一生懸命家業に精を出す覚悟でありますから、どうぞいまはもう念仏（ねんぶつ）だけを唱えて下さい。そして、ただただ、心静かな臨終を迎えられますよう、お願い致します」

「いまの息子の話を、おききになりましたでしょうか」

と、医師に向かって、母親はいった。

「いまおききになりました通りの、愚か者なのでございます。私は、仏に祈って浄土に生まれ変わりたいなどとは思っておりません。それに、もし畜生道とかに堕ちて、苦しんだからとて、別にどうということもありますまい。考えてみれば、牛や馬にだって苦しいことばかりではなく、反対に、楽しいと思うことや嬉しいと思うことがあるのではないでしょうか。実際に、見ていてそう思われることがあるのです。

また、必ずしも人間が牛や馬よりも楽しく生きているかといえば、決してそうではなく、却って牛馬よりも、あくせくと世渡りに追われているように見えます。正月が来るといっては、衣類を染めたり洗ったりの大騒ぎですし、また、百姓たちの最大の務めは年貢を納めることなのですが、納めるべき百姓たちがわが家にやって来て、嘆いたり訴えたりするところは、聞く方だって、まったくいやなものです。では、これで目をつぶります。もう何も申しますまい」

そして、臨終を自分で知らせて、死んだということである。

例の、入定の定助の方は、その後は駕籠かきをしたり、荷担ぎ人夫をしたり、牛馬に劣らず忙しく走りまわって、いまだに、せち辛い世の中を渡り続けているのだった。

「何とも浅ましい限りではないか。いくら仏に祈ってみても、浄土に行くのはむずかしい事らしい。人間、生きているうちに努めるべきは、念仏などではなくて、やはり家業ということなのだ」

と、入定の定助の話を知った人々は、口々に語り合い、子供たちにもよく言いきかせた。また、こんなことを言って笑うものもあった。

「あの入定の定助が、ああして後家(ごけ)さんと一緒に暮らしているのは、大方(おおかた)、前世で定められた二世(にせ)の縁(えにし)を結んだということだろうよ」

一方、定助の妻になった女は、人さえ見れば、涙ながらに、こんな愚痴をこぼしているという。

「何でまた、こんな甲斐性なしの男と再婚なんぞしてしまったのだろう。こんなことなら、落ち穂拾いで食っていた後家暮しの昔が懐かしいくらいだ。あーあ、死んだ亭主がもう一度帰って来てくれないものか。そうすれば、毎日の米麦にも、着る物にも、いまのように事欠くことはないだろうに」

何とも不思議な人間の世の中である。

死首の咲顔

しくびのえがお

●想い合う二人

摂津の国、兎原の郡（神戸市）、宇奈五の丘は、昔から村じゅう豊かに暮らしていた。村には鯖江という姓の家が多く、また酒造業が盛んであった。中でも五曽次という者の家は大がかりで、秋になると、米搗き歌の歌声が近くの海に響き渡って、海神をおどろかせるほどだったのである。

この家には一人息子がいて、名を五蔵といった。父親に似ず、生まれつき風雅を好むやさしい人柄で、字も上手く、和歌や学問を好んだ。同時に、弓を取っては飛ぶ鳥を射落とすほどの腕前で、外見はやさしかったが、男らしい気性の持主であった。日頃から人のために役立つことを考え、礼儀も正しく、貧しい者を憐れんで、進んでこれに力を貸した。それで、村人たちは、鬼のように無慈悲な父親を鬼曽次と呼び、息子の五蔵を仏蔵殿と呼んで尊敬していたのである。

家に出入りする者たちも、まず息子の五蔵の部屋に立ち寄るのがたのしみで、父親の曽次のところには、用事のない限り、誰も寄りつこうとしなくなった。父親はこれを怒って、「無用の者には茶を出すな」と書いた紙を門の壁に貼り出し、出入りするものに目を光らせ、うるさく取り締まって追い返してしまった。

この曽次の一族に、元助という者がいた。こちらは反対に、だいぶ前から家運が衰え、わずかな田畑を元助が耕し、母と一人の妹をどうやら養っている状態であった。母親はまだ五十前であったが、大変な働き者で、機を織り、糸を績ぎ、自分のことなど何一つ考えずに、忙しい毎日を送っていた。

妹の名は、宗といった。村一番の美人で、母の手仕事を手伝いながら台所の仕事もやり、夜は、母と二人で燈火に親しんだ。古い物語を読んだり、文字も下手ではならないと、習字にも励んでいたのである。五蔵は、ずっと前から、一族のものとしてよく出入りして、宗とも親しくしていた。宗は、わからないことは何でも五蔵にたずねることにしていた。二人は師弟でもあったのである。それが、いつの頃からか、互いに気持を打ち明け合い、将来を約束する仲になった。母親も兄も、それを黙認していた。いい組合せだと思ったのである。

やはり同じ一族に、医師の靫負という老人がいた。彼は、五蔵と宗の仲を知ると、なかなか結構な話だと思い、宗の母親と兄の意向を確かめた。それから曽次の家へ出かけて、五蔵と宗の縁組をすすめた。

「鶯は必ず梅の木に巣を作るもので、決して他の木には作りません。ご子息のために、あの娘を娶(めと)られることをおすすめします。貧しいとはいえ、娘の兄は潔癖で志の高い男です。まことに良縁だと思います」

すると、鬼曽次は嘲笑(あざわら)って、答えた。

「わが家では、福の神のお宿を申し上げておるゆえ、あの貧乏人の娘などを家に入れたのでは、福の神様がお気に召すまい。さあ、とっととお帰り下さい。まったく縁起でもない。誰か、早くそこを掃き清めなさい」

この返事をきいて、老人はおどろき、逃げ帰った。そしてそれ以後は、誰一人この縁談を取り持とうとする者はなかった。

五蔵の耳にも、この話は入った。

「二人のことは、たとえ両親のお許しがなくとも、互いに想い合っているのですから、必ず自分の力で解決してみせます」

彼はそういって、その後もしばしば宗の家へ訪ねて行った。ところが、今度はそのことが曽次の耳に入った。

「いったいお前は、何神に取り憑かれて、わざわざ親のいやがる貧乏人と夫婦の約束などしたのだ。そんなものは、いますぐ断ち切ってしまえ。もし、これがきけないのであれば、体一つで、どこへなりと出て行ってしまえ。親不孝というものがどういう罪であるのか、お前の読んでいる書物には書かれていないのか」

と曽次は、五蔵を大声で怒鳴りつけた。そばできいていた母親は心配して、息子に言いきかせた。

「お前の気持はどうであっても、どっちみち、父上に憎まれてしまっては、どうしようもあるまい。あの貧乏人の家には、もう二度と行かないことです」

その夜から母親は、息子を自分の部屋へ連れて来て、そこで書物を読ませるようにした。決してそばから離れないよう見張ったのである。

●恋の病

五蔵の来訪は途絶えてしまったが、これまでの彼の誠実さを思い出して、宗は恨み言ひとついわなかった。しかし、そのうち宗は寝ついてしまった。最初はちょっと気分が悪いだけだと思っていたのであるが、いつの間にか本物の病人のようになってしまい、何も食べようとせず、一日じゅう寝間にこもり切りになってしまったのである。

兄は、若いせいもあって、気にもかけなかった。しかし、母親には、日毎に痩せ衰え、顔は青白く、眼の下には黒い隈の出て来た娘の病気が何であるのか、よくわかっていた。

「恋の病とは、このようなことをいうのでしょう」

と、母親は言った。

「薬を与えても役には立ちません。五蔵さんさえ来てくれれば治るのです」

それで、そのことを人に頼んで伝えてもらうと、夕方になって五蔵が訪ねて来た。

そして、宗にこう言ってきかせた。

「こんなことで病気になってしまうとは、まったく意気地のないことです。また、親の悲しみを考えない、罪深いことです。こんなことでは、来世ではどんなところに生まれるか、重い荷物を担いだり、夜も縄をなったり、いや、もっと苦しい目を見なければならないかも知れません。二人の仲を親が許してくれないことくらい、はじめからわかっていたことではありませんか。わたしは、父に背いてでも、一度交わした約束を決して破ったりはしません。ですから、たとえ山奥に逃げ込んで隠れてでも、二人一緒に暮らすことさえ出来たら、それで本望なのだというふうに考えて下さい。この家の母上、兄上がお許し下さっているのですから、罪の報いはないと思います。

わが家の方は、財産も貯えられており、あの父親が守っている以上、崩れる心配はありません。良い養子でも迎えて、財産さえ増やしているうちには、やがてわたしのことなど忘れてしまい、百年も長生きするかも知れません。もちろん、人間の寿命は百年は無理です。稀にあるとしても、半分の五十年は夜の眠りに費やされるし、他にも病気で寝たり、公の仕事にかり出されたりで、正確に計算してみると、やっと二十年くらいが本当の自分の時間ということになりましょうか。ですから、たとえ山奥の里に隠れ住もうと、海辺のあばら家の簾の陰で世の中から忘れられて暮らそうとも、二人だけの互いの気持だけを頼りにして、一年でも二年でもいいから暮らしてみましょう。

そなたのことを愚かだといったのは、こんなわたしの気持も考えず、病気などになってしまえば、母上からも兄上からも、まるで罪はわたしにあるかのごとく、責められてしまうではないか。それは、何より辛いことです。ですから、いますぐに、気を取り直して、元気になって下さい」

この、噛んで含めるような五蔵の言葉をきいて、宗は答えた。

「わたしが病気だなどとは、決してお考え下さいますな。ただ、ちょっとした自分のわがままで寝たり起きたりしていたのでございますが、ご心配をおかけ致して、申し訳もございません。さあ、この通りでございます」

そういって宗は、挿していた櫛を抜いて髪を直すと、寝間着を脱いでさっぱりしたものに着替えた。そして、いままで寝ていた寝床など忘れてしまったように起き上がると、母と兄に向かってにっこり笑い、かいがいしく掃除をはじめたのである。

「いや、晴ればれした姿を見て、すっかり嬉しくなってしまいました」

と、五蔵は言った。

「これは、明石の浜でとれた鯛を、漁師が今朝、舟で届けてくれたものです。これをおかずにして、元気に食事をするところを見てから、帰ることにしましょう」

そういって五蔵は、きれいに包んだ藁苞を宗に渡した。宗は、にっこり笑って答えた。

「昨夜の夢見がよかったのは、きっと、このめで鯛をいただく知らせだったのですね」

宗は早速、庖丁を取って料理にかかり、煮たり焼き物を作ったりした。そして、母親と兄にもすすめたあと、自分は五蔵の右隣に坐って、あれやこれやと食事の世話をしていた。母親は、そんな娘を見て、いかにも満足そうであった。兄の方は、わざと無関心を装っていた。五蔵は、宗のいじらしさに涙が出そうになった。しかし、それをようやくこらえて、「うまい、うまい」と箸を鳴らした。確かに、いつもより食も進んだ。そして、「今夜はここに泊めて下さい」と自分からいい出し、泊まることになったのである。

●父の怒り

翌朝、五蔵は早く起きて、『詩経』の詩篇「多露行路」を口ずさみながら帰宅した。すると、待ち構えていた父親が、「この柱腐らしめが」と、いきなり怒鳴りつけた。

「家を忘れ、親を軽んじ、自分の身を破滅させることを、お前はよいことだとでも思っているのか。代官殿に訴えて、親子の縁を切ってくれるわ。言い訳は無用だ」

その鬼のような形相は、いつもより物凄かったのである。

「まあ、とにかく、こちらへ来なさい」

と、母親が仲に入って取りなした。

「昨夜、父上がお話しになったことを、わたくしからよくいいきかせれば、何とかなると思いますから」

曽次は、なおも息子を睨みつけていたが、結局は自分の息子なのだと、その場は自分を抑え、自室に引っ込んだ。母親は、涙ながらに、言ってきかせた。きき終わった五蔵は、頭をあげて、答えた。

「本当に、お詫びの言葉もございません。まだ若いわたしには、生死の分別も単純で、仮にこのまま死んだとしても、後悔することもありません。財産も欲しくはありません。ただ、ご両親にお仕えせずに出て行くことは、人の道に外れた行いであります。それで、ただ今から、心を改めてみせます。いままでの不孝の罪、何とぞお赦し下さい」

そう答えた五蔵の顔は、嘘を言っている顔ではなかった。喜んだ母親は、

「神様が定めて下された縁であれば、やがて夫婦になれることもありましょう」

といって息子を慰めた。そして、父親にもそのことを詳しく話した。

「こんな野郎のいうことなど、きく耳持たぬが、実は酒杜氏が腹痛を起こして、昨夜から寝込んでいる。蔵にこそ泥どもが入って、米や酒がこれまでも度々盗まれておる。蔵を見まわって調べてから、ときどき杜氏の腹痛を見舞ってやれ。あの男がいないと、一日どれほど損をするか、わかったものではない。さあ、いますぐ行って来い」

そういって曽次は、五蔵を酒蔵に追い立てた。五蔵は、いわれた通り、履物もはかずに立って行き、一時間ばかり見廻ったあと、戻って来て父親に挨拶した。

「行って参りました」

「渋染めの奉公人服が似合うのは、福の神のお仕着せだからなのだ、と思うがいい。今日から正月の一日までは、ずっとかかりきりで仕事をするんだ。物を食べるのは、用を足しに行くついでにすること。さあさあ、宝の山づくりは忙しい、忙しい。福の神たちに追い付き申さなくっちゃあ」

と父親は、金、金、金で、他のことは一切口にもしなかった。

「それから、ついでにいっておくが、お前の部屋には書物とかいうものが積んであって、夜も燈火をつけて、役にも立たぬ無駄使いをしているらしいが、そういうことも福の神はお嫌いのようすじゃ。だからといって、紙屑買いに売っては損になるから、買った商人を呼んで、元金を返してもらえ。親の知らぬことを知っておって、何になるか。親に似ぬ子は鬼子というが、まことにお前のことじゃわい」

父親はなおも息子をののしったが、五蔵は、「これからは何事もお言い付け通りに致します」と、それ以後は毎日、渋染めの仕事着の裾を高くまくりあげ、父の気に入るように働いたのである。それを見て父親も、「これで福の神のお心にもかなうことだろう」と、大いに喜んだのであった。

●悲しい嫁入り

一方、娘の方は、五蔵の訪問が途絶えて以来、また病が重くなった。そして、ついに、今日か明日か、という状態にまでなった。母親と兄はそれを嘆いて、五蔵にこっそり使いを出して、そのことを知らせた。五蔵は、いつかはこういうことになるかも知れないと覚悟はしていたのであるが、はっきり知らされてみると、宗の容態を想像するだけでたまらなくなり、使いの者のあとについて、急いでやって来た。

「こうなるのではないかと心配していた通りになってしまいました」

と、五蔵は元助親子に向かって、いった。

「来世のことは、真偽のほどがわかりませんので、当てにするわけに参りません。こうなったからには、明日の朝、宗殿をわたしの家に送り届けて下さい。千年万年の永い仲も、また、ただの一時つれ添うのも、同じ夫婦であることに変りはありません。両親の目の前で、婚礼の形だけでも整えることが出来るならば、それで本望です。兄上のお考えにおまかせ致しますので、よろしくお取り計らい下さい」

「何事も、あなたのおっしゃる通りに致しましょう。家の方の仕度を整えて、待っていて下さい」

と元助は、満足そうに答えた。

「嫁入りはいつのことかと、待ちあぐねておりましたが、明日ときいて、ほっと致しました」

と、母親も嬉しそうに答え、いそいそと茶を入れ、また酒に燗をして、五蔵にすすめた。五蔵は、盃をあけるとそれを宗に渡し、自分でついでやった。宗は嬉しそうにそれを受けた。そして、その夫婦固めの、三三九度の盃を祝って、元助が謡いをうたった。やがて、夜八時の鐘がきこえた。五蔵は「またいつものように門を閉められますから」といって、帰って行った。その夜、親子三人は月の光の下で、しみじみと水入らずで語り明かしたのである。

一夜明けると、母親は白絹の小袖を取り出して娘に着せてやり、髪の乱れに櫛を入れてやった。

「わたしも、若かった昔の嫁入りの嬉しさは、いまでもはっきりおぼえております。先方に参ったならば、何よりも父君のきびしい性格をよく心得、ご機嫌を損じないようにすることです。母君は、必ずやあなたを可愛がって下さるはずです」

母親は、娘にそういいながら、化粧身仕度に気を配り、駕籠に乗り込むまで、こまごました心得をいいきかせた。元助は、麻の上下をつけて正装し、正式に大小を腰につけていた。

「また、五日目には里帰りで戻って来るというのに、余りお話がなが過ぎますよ」

元助は母親に文句をいったが、そういいながらも、やはり母親を止めかねているのだった。宗は、ただ黙って母親に頰笑み返した。そして、駕籠に乗せられて出かけた。元助が付き添って門を出ると、母親は習慣通り門火を焚いて、いかにも満足気なようすに見えた。反対に、二人の手伝いのものは、小言でぶつぶついい合っていた。

「これでも輿入れといえるのだろうかね。わしらも付き添って行って、銭を頂戴し、振舞の雑煮に腹鼓を打とうと思っておったのに、まったく当てがはずれてしまったわい」

そういえば、朝食の煙までが、その朝はしぶしぶと立ち昇っているようにも見えたのである。

曽次の家では、まったく予期しないことであった。

「いったい誰が病気で運ばれて来たのだろう。娘御がいたとは、これまできいたこともないが」

と使用人たちは、いぶかしそうに立ち並んで、駕籠を眺めた。しかし元助は、主人の曽次に向かって作法通りに対座すると、こう挨拶した。

「ここにおります妹の宗は、かねてよりご子息五蔵殿が情けをかけてこられたものであります。長らく病み衰えておりましたが、五蔵殿が、輿入れを急ぎたいと願われますので、つれて参上致しました。本日は日柄もよいこと、どうぞ婚礼の盃をお与え下さいますよう」

きいた曽次は、鬼のような大口を広げて、こう答えた。

「何をぬかすか。おぬしの妹に倅めが目をかけたということはきいておったが、このわしがきつく叱って心を改めさせたゆえ、いまでは倅も、まったく忘れてしまっておる。おぬし等、きっと狐でも憑いて気が変になったのであろう」

と曽次は片膝を立て、おそろしい形相で元助を睨みつけ、大変な剣幕である。

「とっとと帰れ。帰らなければ、わしが手を下すまでもなく、男どもに棒を持たせて、追っ払ってくれるぞ」

●花嫁の首

しかし元助は、笑って答えた。

「五蔵殿をここへ呼んで下さい。五蔵殿は、もっと早く娶りたいといっておられたのだが、月日が経つうちに妹は病気になり、明日をも知れぬ容態となった。せめて、この家の庭で死にたいという願いによって、こうしてつれて参ったわけです。ここで死なせ、この家の墓所に、並べて葬っていただきたい。もちろん貴殿の、物惜しみする性質は、よく心得ておるゆえ、この家に負担はおかけしません。小判三枚、ここに持参致した。この金の範囲で、簡略にでもよい、葬ってやっていただきたい」

きいて曽次は、躍り上がって怒り狂った。

「金はわが福の神の賜り物に違いないが、おぬしなんぞの家で穢されたものなど、見たくもない。第一、この娘は嫁などではない。死にかけの病人であればなお更のこと、とっととつれ去れ。おい、五蔵はどこだ。この穢らわしい病気女をわしが認めないときは、いったいどうするつもりだったのか。さあ、何とかうまく取り計らわぬと、おのれも一緒に叩き出してくれるぞ。親に逆う不孝の罪、代官殿に訴え申し上げて、厳しく罰していただくからな」

そういって曽次は、そこへやって来た五蔵を、いきなり庭へ蹴落としてしまった。

五蔵は父親に向かって、答えた。

「どうなりと、お気の済むようにして下さい。この娘は、わたしの妻でございます。追い出されたならば、二人手を取ってここから出て行こうと、かねてから考えておりましたが、今朝がそのときになったようです。さあ、参りましょう」

そして、宗の手を取り、出て行こうとしたが、元助がそれを止めた。

「この妹の体は、一歩足を踏むだけで、倒れるであろう。おぬしの妻じゃ。この家で死なせてやるのが当然であろう」

いうや否や元助は刀を抜き放ち、妹の首を切り落としたのである。五蔵は、その首を拾い上げた。そして、それを自分の着物の袖にくるむと、涙も見せずに門を出て行こうとした。父親は、おどろいた。

「おのれ、その首を持ってどこへ行こうというのだ」

と慌てて馬にとび乗って、曽次は怒鳴った。

「わがご先祖の墓にその首を納めることは、このわしが絶対に許さんぞ。それより、いまはそれどころではない。元助、おぬしは人殺しじゃ。お上に引っ捕らえられるがいい」

怒鳴り終わると曽次は、村の庄屋のところへ馬を走らせたのである。

「何ということをしてくれたのじゃ。元助の母は、知らんのだろう」

と、報せをきいた庄屋は言った。そして、幾らも離れていない元助の家に駈けつけると、息を切らせて、事の次第を母親に伝えた。それから、こうつけ加えた。

「元助は、とうとう気が変になったのだ」

母親は、いつもの通り、機台にあがって布を織っていたが、庄屋の報せをきくと、機台に腰をおろしたまま、答えた。

「では、そのように致しましたのでしょう。かねてから覚悟致しておりましたことゆえ、おどろくこともございません。わざわざお知らせいただき、有難う存じます」

それから機台をおりて来て、丁寧に挨拶した。庄屋は、おどろいた。元助の話にもおどろいたが、その母親の態度に、二度びっくりさせられたのである。

曽次が鬼だということは、かねてからわかっていたけれども、この母親も鬼だ、と庄屋は思った。よくぞいままで角を隠し通して来たものだ、と這々の体でそこを逃げ出し、その足で代官に訴え出たのである。関係者たちは、早速、捕らえられた。

「その方たち、村じゅうを騒がせるとは何たることだ。元助は、妹とはいえ人を殺したのであるから、ここに拘留する。また、五蔵にも、あれこれ問い糺さねばならぬことがあるから、これもここに拘置する」

二人は代官にそう言い渡され、共に獄舎につながれることになった。

●頰笑みの結末

十日ほど経ってから、代官はふたたび関係者たちを呼び出し、訊問した結果、こう申し渡した。

「曽次は、一見罪はないように見えるが、実は、彼の罪は重い。今度のような事態をひき起したのは、もとはといえば、その方の欲心からである。当分の間、家にこもって謹慎しておれ。いずれ、御沙汰を仰ぎ、罪を申しつける。

元助は、母が許したことでもあるので、罪はあるが、その罪は軽い。これも家で謹慎しておれ。ところで、五蔵の気持だけは、どうにも解し難い。しかしながら、これは問責すべき性質のものではなかろう」

ということで、五蔵だけがもう一度、獄舎に送り込まれた。それから裁断が下るまで、五十日ばかりかかったのである。

「国守の御沙汰を、よく承れ」

と代官は、曽次親子にいい渡した。

「今回の一件は、すべて五蔵と曽次の間違いから起ったものである。よって、この村に住むことを許さぬ。いますぐ、この村からの追放を命ずる」

曽次親子は、早速、代官所の門前から厳重に取り囲まれて、国境まで追い立てられて行った。元助に対しては、こういう裁断が下った。

「元助は、母ともども、尋常でない事件をひき起したのであるから、これも、この村に住まわせるわけにはゆかない。村の西の端まで追放を命ずる」

事件は、これで落着した。曽次の家の財産は、福の神ともども、お上に没収されることになったのである。

追放された曽次は、地だんだ踏んでくやしがり、両手を振りまわして泣き喚いた。かと思うと、「五蔵、こんな目にあうのも、みんなおのれのせいなのだ」と、五蔵を引きずり倒したり、殴ったりした。しかし、五蔵は、どんなに殴られても逃げようともせず、ただ「どうぞ、お気の済むように」と、答えるだけなのである。

「憎んでも憎んでも、憎み足りない」

と、曽次はなおも五蔵を罵って殴り続けた。とうとう、あちこちに血がにじんで来た。村人たちが集まって来て、ふだんからにくにくしく思っていた曽次を、このときとばかり引き離して、五蔵を助け出したのであるが、彼は逃げようともせず父親の前に坐ったまま、顔色一つ変えずに、言うのである。

「助けていただける命だとは思いませんが、かといって、勝手に死んでよい命でもありませんから」

「お前という奴は、どこまで貧乏神に出来ているんだ」

と曽次はついに匙を投げた。

「財産はなくしてしまったが、また稼げば取り戻すことが出来る。わしは大阪へ出て、商人になるが、お前は、勘当する。わしのあとについて来てはならんぞ」

そして、仏頂面(ぶっちょうづら)で村を出て行き、どこかへ姿を消してしまったのである。

五蔵はその後、髪を落として、法師になり、その村の山寺に入った。そして、有難い高僧として名を残した。

一方、元助は母親を伴って播磨(はりま)（兵庫県）の親族のところに落ち着き、鋤鍬(すきくわ)を取って、昔通りの百姓に戻った。母親も、また機(はた)を織りはじめたが、その姿はまるで伝説中の栲機千々姫(たくはたちぢひめ)のようであった。また、曽次の妻は、実家に帰り、これも尼になったそうだ。それにしても、兄に切り落とされた妹の首が頬笑(ほほえ)みを浮かべていたとは、何という気性の烈(はげ)しさであろうかと、誰もがそのことを語り伝えたのである。

本書は一九八〇年『現代語訳・日本の古典19／雨月物語・春雨物語』のタイトルで、学習研究社から出版された作品を文庫化したものです。

雨月物語

後藤 明生

学研M文庫

平成14年　2002年7月15日　初版発行

●

発行者――伊藤年一

発行所――株式会社学習研究社

東京都大田区上池台4-40-5 〒145-8502

印刷・製本―中央精版印刷株式会社

★ご購入・ご注文は、お近くの書店へお願いいたします。
★この本に関するお問い合わせは次のところへ。
編集内容に関することは――編集部直通 03-3726-8350
• 在庫・不良品(乱丁・落丁等)に関することは――
出版営業部 03-3726-8188
• それ以外のこの本に関することは――
学研お客様センター 学研M文庫係へ
文書は、〒146-8502 東京都大田区仲池上1-17-15
電話は、03-3726-8124
落丁・乱丁本はお取り替えいたします。
定価はカバーに明記してあります。

こ-5-1　ISBN4-05-902060-5

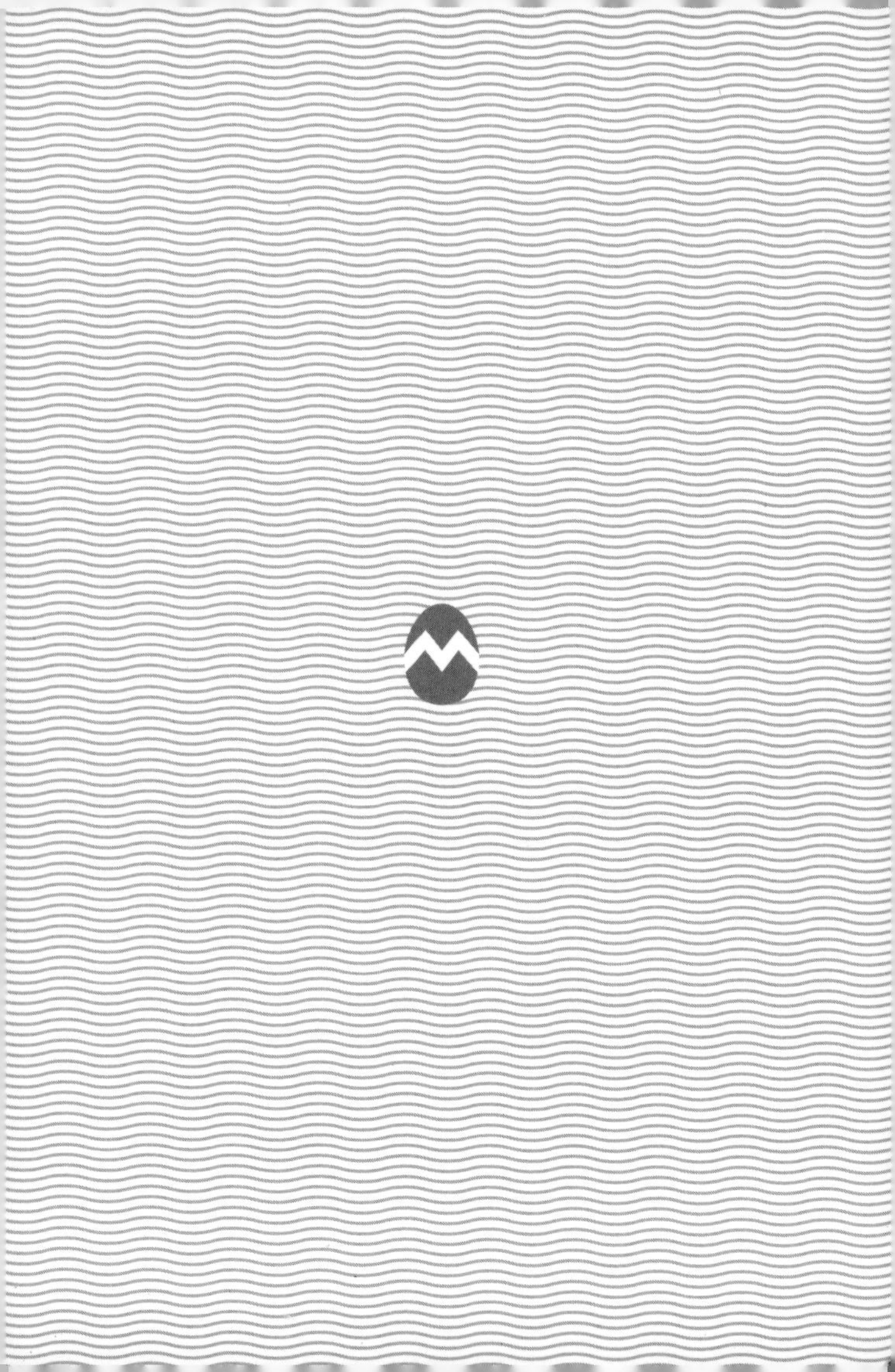